HEYNE
BÜCHER

In der Perry-Rhodan-Reihe
sind als Heyne-Taschenbücher erschienen:

Terra in Trance · Band 16/368
Das Aralon-Komplott · Band 16/369
Welt der Prospektoren · Band 16/370
Luminia ruft · Band 16/371
Das Gremium der Vier · Band 16/372
Deserteur der USO · Band 16/373
Die Wurzeln des Todes · Band 16/374
Halo 1146 · Band 16/375
Die Toleranz-Revolution · Band 16/376
Tränen vom Himmel · Band 16/377
Die Elixiere von Chubbid · Band 16/378

Perry Rhodan

STURM DER NEUEN ZEIT

Auf den Spuren einer halutischen Legende – ein Abenteuer mit Icho Tolot

Ein Planetenroman von

H. G. FRANCIS

Originalausgabe

WILHELM HEYNE VERLAG
MÜNCHEN

PERRY RHODAN
Nr. 16/379

Redaktion: Klaus N. Frick

Wilhelm Heyne Verlag GmbH & Co. KG, München
Printed in France 1994
Umschlagillustration: Alfred Kelsner, Bünde
Umschlaggestaltung: Atelier Ingrid Schütz, München
Satz: Compusatz GmbH, München
Druck und Bindung: Brodard & Taupin

ISBN 3-453-07621-4

1.

Oke fen Kee-O sprach jene Worte, die das Licht der Sterne erhellten und vergessen ließen die falschen Propheten, und aus dem verborgenen Schoß erwuchsen die drei Lichter, bereit, den Weg anzutreten, der ihnen vorgezeigt war unter dem Namen der Unaussprechlichen...

Der Schlüssel des Geheimnisses lag greifbar nahe vor ihm. Icho Tolot wähnte sich am Ziel. Das Ende seiner Suche nach den Ursprüngen seines Volkes schien bevorzustehen. Er wollte den Schlüssel ergreifen, und ohne auch nur eine Sekunde lang zu zögern, streckte er seine Hände danach aus, griff mit allen seinen Sinnen zu – und geriet dabei in eine tödliche Falle.

Der Haluter entfernte sich nur wenige Schritte von seinem Beiboot. Dann blieb er ehrfürchtig stehen und blickte zu der gewaltigen Halbkugel hinüber, die sich bis zu einer Höhe von beinahe fünfzig Metern aus der Ebene erhob.

Der kühle Herbstregen, der ihm ins Gesicht schlug, störte ihn nicht. Im Gegenteil. Er empfand ihn als erfrischend, nachdem er eine so lange Zeit in der künstlichen Atmosphäre seines Raumschiffs verbracht hatte.

Die Halbkugel war grau, sie wurde an vielen Stellen von Flechten, Gräsern, Büschen und sogar einigen Bäumen überwuchert. Wo ihre Oberfläche nicht unter Pflanzenbewuchs verschwand, war sie verwittert. Dennoch war zu erkennen, daß sie aus einem riesigen Stein geschlagen und vor sehr langer Zeit – vermutlich vielen Jahrtausenden – bearbeitet und mit Zeichnungen versehen worden war. Noch jetzt war deutlich zu erkennen, daß einige von ihnen Uhrwerke symbolisierten.

Waren sie nur eine Darstellung der Zeit? Oder stand ein philosophischer Gedanke dahinter? Wollten die unbekannten Baumeister damit ausdrücken, daß das Universum für sie nicht mehr als ein unendlich großes, aber doch begrenztes Uhrwerk war, bei dem Teilchen auf Teilchen exakt ineinander griff? Besagte die Form, daß die Erbauer sich das Universum kugelförmig vorstellten?

Andere Zeichnungen erinnerten an Darstellungen von DNS-Strängen, pulsierenden Sonnen, Glücksspielgeräten, die Rouletteschüsseln ähnelten oder Energieströmen, die in die Unendlichkeit führten. Icho Tolot fühlte sich magisch von ihnen angezogen.

Er sog die Bilder förmlich in sich hinein, die sich ihm boten, speicherte jedes von ihnen in seinem Planhirn, jenem unglaublichen Organ, das – wollte man es beschreiben – am besten mit einem Positronenhirn zu vergleichen war. Ein seltsames Gefühl beschlich ihn, und für einen kurzen Moment war ihm, als verliere er den Boden unter den Füßen, als verflüchtige sich die Gravitation des Planeten.

Er ahnte nicht, daß er dem Verhängnis Tür und Tor öffnete. Drei gewaltige Höhlungen in der steinernen Halbkugel mochten irgendwann einmal in der Vergangenheit andersfarbige Steine, vielleicht gar Edelsteine enthalten haben. Sie waren ebenso angeordnet wie seine Augen. Zwei Höhlungen befanden sich weit unten an den Seiten der Halbkugel, während die dritte hoch oben in der Mitte lag.

Hatten sie die drei Augen jener geheimnisvollen Wesen symbolisiert, die er hoffte, als Urahnen der Haluter identifizieren zu können?

Icho Tolot war davon überzeugt, daß der Stein sich unter dem Boden fortsetzte, und daß er eine vollkommen gestaltete Kugel sehen würde, könnte er sie ausgraben.

Sie war – es konnte nicht anders sein – das Abbild eines Raumschiffs! Er meinte, in den Einschnitten und Höhlungen noch jetzt die Umrisse von Schleusenschotten, Ladeluken und Waffensystemen erkennen zu können, die von unbekannter Künstlerhand geformt worden waren.

Woher aber hatten die unbekannten Erbauer in einer schier unvorstellbar weit entfernten Vergangenheit gewußt, daß die bevorzugte Form halutischer Raumschiffe die Kugel war? Oder hatten sie – was wesentlich überzeugender war – die Kugelform entwickelt, lange bevor sie Raumschiffe gebaut hatten, und damit jene Konstruktion vorgegeben, die von den Halutern später bevorzugt werden sollte?

Der Haluter trat näher an das Gebilde heran, um es genauer zu betrachten.

Zwei Tage lang hatte er sich im Orbit des Planeten einer kleinen Galaxis am Rande des Raumsektors NGC 4826 aufgehalten, und stundenlang hatte er das kugelförmige Objekt mit Hilfe der verschiedenen optischen und syntronischen Systeme der HALUTA beobachtet.

»Titanic« hatte er diese Welt genannt, ohne einen bestimmten Grund dafür zu haben. In der Liste der Planeten, die er im Laufe der Zeit benannt hatte, war mal wieder der Buchstabe »T« an der Reihe gewesen. Danach war ihm als erstes »Titanic« eingefallen. Der Name hatte keine tiefere Bedeutung. Wenn er den Planeten »Tasse« getauft hätte, wäre dahinter auch kein tieferer Sinn verborgen gewesen.

Die Syntronik hatte das kugelförmige Objekt untersucht und aus den erfaßten Daten ein Bild hochgerechnet, das in zahlreichen Details mit den überlieferten Darstellungen von Raumschiffen übereinstimmte, wie sie vor mehr als 50000 Jahren von den »Bestien« gebaut worden waren, jenen Wesen, die durch eine genetische Manipulation aus dem Volk der Skoars hervorgegangen waren. Allerdings hatte sie das Objekt nicht als Raumschiff, sondern eindeutig als Stein identifiziert.

Icho Tolot hatte einige Zweifel an den Überlieferungen, und bei seinen Forschungen in vielen Teilen des Universums war er auf Hinweise gestoßen, die seine Zweifel untermauerten. Vor wenigen Wochen hatte er eine längst vergessene halutische Legende gefunden, in der von den geheimnisvollen Ursprüngen der »Bestien« in diesem Sektor die Rede war. Er hatte die Legende so ausgelegt, daß die Haluter nicht von den »Bestien« abstammten, jenen von den Okefenokees per Gen-Manipulation erzeugten Kampfmaschinen, sondern ihren Ursprung in einer Galaxis im Sektor NGC 4826 hatten. Diese Legende war Grund genug für ihn gewesen, zu einer Sternenexpedition aufzubrechen. Er wollte klären, woher die Haluter tatsächlich kamen.

Doch das war nicht alles. Er war den Rätseln der Schöpfung auf der Spur. Er hoffte, in dem Relikt aus einer fernen Vergangenheit Hinweise oder vielleicht gar die Antwort auf die letzten Fragen nach den Geheimnissen der Natur zu finden, den nach wie vor verborgenen Kode enträtseln zu können, um dadurch die Sehnsucht aller intelligenten und forschenden Wesen zu stillen, die alles umfassende Antwort zu erhalten.

»Du willst mit den Göttern konkurrieren«, hatte Perry Rhodan halb im Scherz gesagt, als er sich von ihm verabschiedet hatte. »Doch du hast nicht deren Geduld.«

War die steinerne Riesenkugel ein Zeugnis des halutischen Ursprungs? War sie tatsächlich ein Abbild eines Raumschiffs, wie es in dieser Form bereits von mehr als 50000 Jahren von den Vorfahren der Haluter gebaut worden war? Oder wollte er nur ein Abbild eines solchen Raumers in ihr sehen?

Icho Tolot stand auf einer weiten Ebene, die von hohen, pilzförmigen Laubbäumen bewachsen war. Vereinzelt erhoben sich einige flache Hügel bis in eine Höhe von etwa zwanzig Metern und beschränkten die Sicht. Aus den Senken zwischen ihnen stiegen Felsnadeln teilweise bis in eine Höhe von hundert Metern empor. Einige von ihnen waren durchlöchert oder vollkommen ausgehöhlt. Der Wind fing sich in den Öffnungen und Hohlräumen und erzeugte unterschiedlich dumpfe Laute – wie von mächtigen Orgelpfeifen, je nach Ausmaß der Aushöhlung und Stärke der Böen.

Einfache Gemüter mochten ob dieser ständig wechselnden Geräusche erschauern und sich furchtsam umblicken oder diese Gegend gar fluchtartig verlassen. Icho Tolot war dadurch nicht zu beeindrucken. Er wußte, daß die Töne durch ein Naturphänomen erzeugt wurden und daß sie keine Bedrohung für ihn darstellten.

Der Haluter trug eine leichte Kombination, die mit verschiedenen Geräten ausgestattet war, jedoch nicht mit der Kapazität seines Kampfanzugs zu vergleichen war. Um sich nicht durch das Gestrüpp am Boden arbeiten zu müssen, schaltete er den Antigrav seines Anzugs an und schwebte über Büsche und kleine Bäume, Flechten und hoch wucherndes Gras hinweg auf die Halbkugel zu. Er wollte sich die Einkerbungen aus der Nähe ansehen.

Plötzlich vernahm er ein helles Pfeifen; er erkannte augenblicklich, daß es nicht von einer der Felsnadeln kommen konnte. Es näherte sich ihm blitzschnell, und dann schoß dicht vor seinen Augen ein gefiederter Pfeil vorbei. Er spürte den Luftzug, und eine der Federn streifte sein Gesicht.

Der Haluter drehte sich um und sah unter einigen Bäumen ein etwa vier Meter großes echsenähnliches Wesen hervorkommen. Es hatte vier stämmige Beine und zwei kurze, aber muskulöse Arme, in denen es eine Art Armbrust hielt. Der Kopf thronte auf einem dünnen, etwa anderthalb Meter langen Hals, dessen Seiten mit langen und dichten, roten und gelben Federn besetzt waren. Auf halber Höhe umspannte ein metallen funkelndes, breites Band den Hals. Es war mit einem roten Edelstein besetzt. Über dem Kopf mit dem breiten Mund, einer dornenartig vorspringenden Nase und den schlitzartigen, grünen, lebhaft hin und her ruckenden Augen erhob sich ein weißer Federbusch.

Das Wesen stand breitbeinig auf seinen beiden vorderen Beinen, während es die beiden anderen dicht nebeneinander und weit nach hinten gestellt hatte. Die schwellenden Muskeln unter der schuppigen Haut bewegten sich langsam, aber unaufhörlich. Sie vermittelten den Eindruck, daß sich das Wesen schon im nächsten Moment blitzartig bewegen würde.

Der Rumpf des echsenartigen Wesens wurde von einem lederartigen Kleidungsstück umhüllt, das mit zahllosen Knöpfen und glitzernden Steinen besetzt war. In speziellen Taschen steckten eine Reihe von unterschiedlichen Waffen, deren Aussehen dem Haluter gewisse Schlüsse auf den zivilisatorischen Stand des Wesens erlaubte.

»Sie haben auf mich geschossen!« rief Icho Tolot, bewußt die respektvolle Anrede wählend, wie es Art der Haluter war. »Das sollten Sie nicht noch einmal tun.«

Das Echsenwesen verstand die in Interkosmo gesprochenen Worte nicht, aber es mochte ahnen, um was es ging. Es plusterte sich auf, indem es die Federn an seinem Hals und auf seinem Kopf aufrichtete und weit abspreizte, so daß es insgesamt größer erschien, als es war.

Langsam, beinahe zeitlupenhaft hob es den rechten Arm und öffnete die Hand. Icho Tolot registrierte, daß sie leicht zitterte und drei Finger und einen krallenartigen Daumen aufwies. Dann senkte das Wesen die Hand, griff zu seiner armbrustähnlichen Waffe und wich Schritt für Schritt zurück. Obwohl Icho Tolot nie zuvor einem Wesen wie ihm begegnet war und obwohl er die Mimik des anderen nicht kennen konnte, erfaßte er doch, daß sich sein Gegenüber vor ihm fürchtete.

Er wollte es besänftigen und ihm zu verstehen geben, daß ihm keine Gefahr von ihm drohte, doch nun feuerte es einen weiteren Pfeil ab. Das Planhirn, das mit seiner rechnerischen Leistung in die Nähe der Leistung einer Syntronik kam, berechnete die Flugbahn in Bruchteilen von Sekunden und erkannte, daß der Pfeil vorbeifliegen würde. Icho Tolot verharrte, unbeweglich über dem Boden schwebend. Der Pfeil huschte an ihm vorbei; wiederum spürte er den Lufthauch, und das Ende einer Feder streifte seinen Kopf.

Der Haluter ließ sich auf den Boden sinken. Er ergriff mit einer seiner vier Hände einen Stein und schleuderte ihn auf die Echse. Dabei zielte er an ihr vorbei. Der Stein flog mit einer derartigen Geschwindigkeit und Wucht durch die Luft, daß der Titanier auch dann nicht hätte ausweichen können, wenn er den Stein im Flug gesehen hätte. So bemerkte er ihn erst, als er schon an ihm vorbei war und krachend gegen einen Baumstamm schlug.

Das Wesen fuhr erschrocken herum und blickte zu dem Baum hinüber. Seine Augen weiteten sich, als er sah, daß der Stein den Baumstamm zu mehr als der Hälfte durchschnitten hatte, und daß die obere Hälfte des Baumes nun langsam wegkippte.

»Ich hoffe, es war Ihnen eine Warnung!« rief der dunkle Koloß mit dumpf hallender Stimme. Dann öffnete er die Lippen weiter, entblößte die Doppelreihen kegelförmiger Zähne und stieß ein lautes Lachen aus. Mit der ganzen Wucht seiner vierzig Zentner brach er durch die Büsche, beabsichtigte jedoch keinen Angriff, sondern wollte dem andern nur ein wenig drohen, um ihn von weiteren Schüssen abzuhalten.

In diesem Moment tauchte ein zweites Echsenwesen auf. Es war größer als das erste, und die Federn auf seinem Kopf waren grün, gelb und rot. Das Halsband war mit einem grünen Edelstein besetzt. Es bewegte sich auf die erste Echse zu, stoppte jedoch plötzlich und verharrte in der gleichen Stellung wie das andere Wesen zuvor. Es stellte die vorderen Beine weit auseinander und drückte die dicht nebeneinander stehenden hinteren Beine kräftig nach hinten.

Während Icho Tolot erfaßte, daß es sich bei der Stellung um eine Gebärde von klarer Bedeutung für beide Wesen handelte, ließ sich das erste durch den Scheinangriff täuschen. Instinktiv riß es die armbrustähnliche Waffe hoch, und ein Schuß löste sich. Ein Pfeil verließ die Waffe und traf das zweite Echsenwesen dicht unter dem Kopf am Hals. Es riß eine unter der Haut liegende Ader auf, hellrotes Blut schoß pulsierend aus der Wunde hervor.

Die Wirkung war überraschend. Die Verwundung war schwer, konnte jedoch nicht tödlich sein. Dennoch brach das Echsenwesen zusammen und stürzte zu Boden. Das andere wandte sich ab und flüchtete.

Icho Tolot sprang mit einem weiten Satz zu dem Verwundeten hin und beugte sich über ihn.

»Es tut mir leid«, sagte er mit dröhnender Stimme. Sie war so laut, daß sie dazu angetan war, die Trommelfelle des Verletzten zerplatzen zu lassen. Erschrocken riß das Echsenwesen die Augen auf. Es wollte flüchten, doch der Haluter hielt es energisch fest und preßte seine große Hand auf die heftig blutende Wunde, aus dem mit jedem Herzschlag das Blut hervorschoß.

»Es tut mir leid«, wiederholte Icho Tolot, und dieses Mal dämpfte er die Stimme so, daß sie dem Verletzten nicht noch zusätzliche Qualen bereitete. Er drückte seine Hand fester auf die Wunde, so daß die Blutung aufhörte, dann fetzte er mit einer anderen Hand ein Stück Stoff aus seiner Kombination, fertigte geschickt eine Arterienpresse, legte sie an und wickelte einen Verband um den Hals.

»Nur ein bißchen Geduld«, bat er. »Das ist nur der Anfang. Ich hole Verbandsmaterial aus dem Beiboot, und ich bringe einen Syntromed mit, dann ist die Geschichte gleich vergessen.«

Er merkte, daß der Verletzte das Bewußtsein verloren hatte. Vorsichtig erhob er sich und wandte sich ab, um zum Beiboot zu gehen. Doch nun sah der Haluter, daß unter der transparenten Kuppel über dem Bug der Maschine das andere Echsenwesen saß. Wild und ungestüm bewegte es die Arme, und obwohl er es nicht direkt sehen konnte, erkannte er doch, daß es in das Instrumentarium griff.

»Aufhören!« brüllte er mit ganzer Stimmengewalt.

Seine ganze Sorge galt der Syntronik. Allzu leicht konnte sie unter den unkontrolliert zustoßenden Fingern des Wesens zerstört werden.

Der Titanier blickte ihn durch die transparente Kuppel an, und sein Mund öffnete sich weit. Icho Tolot sah, daß er kurze, ebenmäßige Zähne hatte.

Während er zum Sturm auf das Beiboot ansetzte, um das Echsenwesen gewaltsam herauszuholen, berührte der andere verschiedene Schaltungen, erwischte dabei wohl die Sicherheitsschaltung und löste eine Katastrophe aus.

Icho Tolot bemerkte eine Stichflamme in der Zentrale der Maschine. Sie schuf eigenartige Reflexe auf der schuppigen Haut des Echsenwesens. Im gleichen Moment errechnete sein Planhirn, was folgen mußte, und bevor er sich noch dessen bewußt war, wirbelte er herum und warf sich mit seinem Körper über den Verletzten. Dabei streckte er die Arme aus, so daß er nicht auf ihn fallen konnte.

Zugleich reagierte sein Metabolismus in der ihm eigenen Art und änderte die atomare und molekulare Struktur seines gesamten Körpers. So wurde in Bruchteilen von Sekunden aus einem Wesen aus Fleisch und Blut ein Geschöpf, das so hart und widerstandsfähig wie Terkonitstahl war.

Als der Umwandlungsprozeß abgeschlossen war, waberte auch schon die Glut des explodierenden Beibootes heran. Die Hitze und eine Druckwelle rissen ihm die Kombination vom Leib und zerstörten sie weitgehend, doch da er das Echsenwesen unter ihm mit seinem Körper abschirmte, töteten sie es nicht.

Als bereits Sekunden später die Hitze nachließ, wandelte Icho Tolot die molekulare Struktur seines Körpers erneut um. Er ergriff den Bewußtlosen und rannte mit ihm auf den Armen von der Explosionsstelle weg in den Wald hinein, bis er einen Bach erreichte. Hier legte er das Wesen nieder, stieg selbst ins Wasser und kühlte seinen Rücken und seine Beine.

Durch Buschwerk und Blätter hindurch konnte er die Trümmer des Beibootes sehen. Sie glühten teilweise rot, Flammen stiegen aus ihnen empor.

Er durchsuchte die Reste seines weitgehend zerfetzten Schutzanzuges. Einige syntronische Teile funktionierten noch, und der leichte Kombinationsstrahler war ebenfalls da, doch das war auch schon alles, was ihm von seiner Ausrüstung geblieben war. Ein Funkgerät, mit dem er Verbindung zur Syntronik der HALUTA hätte aufnehmen können, stand ihm nicht zur Verfügung.

Tolot sah sich die Ausrüstung des Verletzten an, wobei er sein besonderes Augenmerk auf die Waffen richtete. Danach kam er zu dem Schluß, daß er sich auf einem Planeten mit nicht besonders hochstehender Zivilisation befand. Ein Gerät, über das er mit der Syntronik der HALUTA kommunizieren konnte, war jedenfalls nicht in Sicht.

»Gestrandet«, stellte er nüchtern fest.

Wenn er den Stand der auf diesem Planeten vorherrschenden Zivilisation nach den Waffen beurteilte, konnten noch viele Jahre vergehen, bevor es ihm gelang, in den Orbit und an Bord der HALUTA zu kommen. Hilfe von außen war nicht zu erwarten. Es konnten Jahrhunderte vergehen, bis Wesen eines anderen raumfahrenden Volkes auf dieser Welt erschienen. Der Vergleich zu Atlans Verbannung auf der Erde drängte sich auf.

Er beugte sich über den Verletzten, der noch immer bewußtlos war, und überprüfte seinen Zustand. Die Blutung war gestillt. So konnte er hoffen, daß die Echse sich bald erholte.

Er wartete etwa eine Stunde lang an der Seite des Wesens. Dabei fiel ihm eine Musterung der Schuppen an der Schulter auf. Auf beiden Seiten des Körpers waren die Schuppen so gefärbt, daß sie das Bild einer Blume formten. Er konnte nicht feststellen, ob die Einfärbung künstlicher oder natürlicher Art war.

Da sich keine Veränderung im Zustand des Verletzten zeigte, erhob sich der Haluter schließlich, schritt zu der steinernen Halbkugel hinüber und umrundete sie, um sie von allen Seiten anzusehen. Schließlich schaltete er seinen Antigrav ein und schwebte an dem Gebilde hoch. Aus der Nähe war das Ausmaß der Verwitterung besser zu erkennen. Der Stein war an mehreren Stellen aufgerissen; Spalten waren entstanden, die bis tief ins Innere reichten.

In den Boden führende Linien deuteten darauf hin, daß sich die Rundung nach unten hin fortsetzte, daß es sich also tatsächlich um eine Steinkugel und nicht um eine Halbkugel handelte.

Unmittelbar über einer Art Rampe, die den Eindruck machte, als sei sie künstlich aufgeschoben worden, befand sich eine quadratische Öffnung. Sie war nahezu fünf Meter hoch, so daß er aufrecht hindurchgehen konnte.

Icho Tolot blieb in der Öffnung stehen und versuchte, etwas in dem Gang zu erkennen, der ins Innere der Kugel führte. Seine infrarotempfindlichen Augen gewöhnten sich schnell an das schwache Licht. Der Stein speicherte die Wärme des Sonnenlichts und leitete sie bis tief ins Innere der Kugel. So erschienen dem Haluter die Decke und die Seitenwände des Ganges heller als der Boden oder die Luft. Sie schienen – wenn auch sehr schwach – aus dem Inneren heraus zu leuchten.

Er folgte dem schräg in die Tiefe führenden Gang und ließ seine Hand dabei über die Wand gleiten. Sie war glatt, wies aber Spalten und Schründe auf, wie sie durch die Verwitterung hervorgerufen wurden. Er zweifelte nun nicht mehr daran, daß er sich in einer Nachbildung eines kugelförmigen Raumschiffs befand. Es mußte nach dem Vorbild eines richtigen Raumschiffs vor Jahrtausenden geschaffen worden sein.

Als er sich dem Zentrum der Kugel näherte, erreichte er einen großen Raum. Es überraschte ihn nicht, daß er darin um einen steinernen Kubus herum allerlei Gebrauchsgegenstände fand. Er war in einer Grabkammer. Ein eigenartiger Geruch schlug ihm entgegen. Er empfand ihn als angenehm. Er atmete ihn kurz durch die Nase ein, stieß den Atem dann jedoch rasch wieder aus. Er wollte keine Stoffe zu sich nehmen, die ihm schaden konnten.

Er strich mit der Hand über den Kubus, wobei er sich dessen bewußt war, daß es sich dabei um einen Sarg handelte. Die Oberfläche war staubfrei und ließ nicht die geringsten Anzeichen eines Verfalls erkennen. Waren die beiden Echsenwesen zur Steinkugel gekommen, um die Grabkammer zu pflegen?

Der Haluter zog sich aus der Kammer zurück, um das

verletzte Echsenwesen nicht mehr als unter den gegebenen Umständen unvermeidbar zu kränken. Er war erfahren genug, um zu wissen, wie heftig vor allem Völker auf niederer Kulturstufe auf ein Eindringen in ihre Tabubereiche reagieren konnten.

Er ging zu der Stelle, an der er die verletzte Echse zurückgelassen hatte. Er fand nur noch Spuren von Blut auf dem Boden. Niedergedrücktes Gras und Zweige zeigten ihm, wo das Wesen gelegen hatte. Es war zu sich gekommen, während er in der Kugel war, und es hatte sich davongestohlen.

»Hoffentlich war das kein Fehler«, brummte der Haluter. »Die Verletzung ist gefährlich!«

Er erwartete nicht, daß der andere zurückkommen würde, und ging zum Wrack des Beibootes, um es zu untersuchen. Der vordere Teil des Fluggeräts war bei der Explosion vollkommen zerstört worden und ausgebrannt. Von dem Echsenwesen, das sich in der Zentrale aufgehalten hatte, war keine Spur mehr vorhanden. Es war garantiert zu Asche verbrannt.

Während er noch das weniger stark zerstörte Heck der Maschine untersuchte, teilte sich das Grün der Bäume, und das verletzte Echsenwesen trat hervor. Es stellte sich mit weit gespreizten Vorderbeinen und deutlich nach hinten gestreckten, eng beieinander stehenden Hinterbeinen auf und blickte aus schmalen Augenschlitzen zu ihm herüber. Unter dem provisorischen Verband sickerte hellrotes Blut hervor.

Eine Geste der Friedensbereitschaft? War die Haltung vergleichbar mit einer zur Versöhnung ausgestreckten Hand?

Icho Tolot ließ sich auf seine Laufarme herabfallen und

nahm eine vergleichbare Haltung ein, wobei es ihm allerdings nicht gelang, Hals und Kopf in gleicher Weise in die Höhe zu strecken.

Minutenlang verharrten sie in dieser Stellung. Der Haluter hoffte, daß sie ein erster Schritt auf dem Wege der Verständigung war.

Er trug einen Kleinst-Translator mit Verstärker am Arm, und als das Echsenwesen mit dunkler Reibeisenstimme zu sprechen begann, nahm es erste Sprachinformationen auf. Der Titanier besaß zweifellos eine hohe Intelligenz, und er sprach in einem eigenartigen Rhythmus, wobei er die Tonhöhe ständig wechselte. Mal kamen seine Worte in tiefem Baß aus seiner Kehle, dann wiederum schnellten sich die Töne in die Höhe, bis ihm die Worte buchstäblich wie helle Flötentöne über die Lippen hüpften.

Icho Tolot nannte seinen Namen, und er erfuhr, daß der andere Stackon hieß.

Er ging einige Schritte auf ihn zu, als Stackon plötzlich abwehrend eine Hand hob. Behutsam griff er in einen Busch und zog eine weiße Blüte daraus hervor, die sich am Ende eines langen, biegsamen Stengels befand. Er nahm sie in beide Hände und öffnete sie außerordentlich vorsichtig, bis ein fingerlanger Dorn daraus hervorschnellte. Aus der Spitze des Dorns quoll ein farbloser Tropfen einer Flüssigkeit hervor.

Icho Tolot begriff. Stackon warnte ihn vor einer gefährlichen Giftpflanze. Wenn er den Busch berührt hätte, wäre ihm der Dorn unter die Haut gefahren, und das Gift wäre in seinen Kreislauf geraten. Daß es ihm aufgrund seines besonderen Metabolismus und des Zellaktivators wenig anhaben konnte, spielte keine Rolle. Entscheidend war, daß Stackon ihn vor einer Gefahr bewahren wollte. Es war eine Geste der Freundschaft.

Der Haluter legte seine vier Hände aneinander, schloß die Augen und deutete eine Verbeugung an. »Danke«, sagte er mit dröhnender Stimme. »Das Gift hätte mich zwar nicht umgebracht, aber das konnten Sie nicht wissen.«

2.

Stackon entfernte sich rückwärts schreitend von ihm. Als Tolot ihm folgen wollte, reagierte der Titanier mit einer eindeutigen Geste. Er öffnete seinen Mund, so daß vier lange, scharfe Reißzähne sichtbar wurden, und hob beide Arme, richtete die weit geöffneten Hände nach vorn und spreizte Finger und Daumen ab. Es war eine Geste der Abwehr. Er wollte nicht, daß er ihm folgte.

Der Haluter respektierte den Wunsch des Echsenwesens. Er blieb stehen und wartete ab.

Stackon verschwand im Grünen der Blätter; Icho Tolot hörte, daß er sich rasch von ihm entfernte.

Er wußte nicht, welche Schlüsse er aus dem Verhalten des anderen ziehen sollte, war jedoch davon überzeugt, daß Stackon so bald nicht wieder zurückkehren würde.

Wer war dieses Wesen? Was hatte die Begegnung der beiden Echsenwesen im Schatten der steinernen Kugel zu bedeuten gehabt? Was hatten sie mit ihren Gesten ausdrücken wollen? Warum hatte Stackon einen Pfeil auf ihn abgeschossen und später noch einen weiteren? Hatte er ihn versehentlich oder absichtlich verfehlt?

Fragen über Fragen, doch wenigstens auf die letzte glaubte Icho Tolot, eine Antwort geben zu können.

Stackon hatte ihn absichtlich verfehlt. Er hatte den Pfeil so gelenkt, daß die Federn zwar seine Haut berührten, das Geschoß ihn aber nicht verletzte.

Hatte Stackon bemerkt, daß er im Grabmal gewesen war?

Der Haluter blickte zu der steinernen Kugel hinüber, und ein Gefühl tiefer Enttäuschung kam in ihm auf. Die ersten Hinweise auf den Ursprung seines Volkes hatten sich als trügerisch erwiesen. Es sah nicht so aus, als könnte die Kugel ihm eine Antwort auf seine Fragen geben.

Er schob alle Fragen beiseite und ging noch einmal zum Wrack des Beibootes. Er wollte es genauer untersuchen und alles an sich nehmen, was ihm als noch brauchbar erschien.

Sein unvergleichlicher Kampfanzug hätte zusammengefaltet und unbeschädigt inmitten der zusammengeschmolzenen Masse aus Metall und Kunststoff liegen müssen. Icho Tolo grub seine vier Hände in die Trümmer und riß sie auseinander. Es ging erstaunlich leicht.

Das Fach war leer! Sein Kampfanzug verschwunden!

Als er sich die Bruchstücke ansah, die das Fach umgeben hatten, stellte er fest, daß ihm jemand zuvorgekommen war.

Hatte Stackon ihm Hilfsbereitschaft vorgetäuscht, indem er ihn vor einer giftigen Pflanze warnte, und hatte er ihn dabei nur abgelenkt, um danach unersetzliche Teile aus dem Beiboot zu entwenden?

Nachdenklich blickte Icho Tolot zu der Stelle hinüber, an der er Stackon zuerst begegnet war. Vor seinem geistigen Auge erschien das Bild, wie ein Pfeil das Echsenwesen getroffen und am Hals verletzt hatte. Er mußte daran denken, wie er es verbunden und versorgt hatte.

Nein, es war ausgeschlossen, daß Stackon die Reste des Wracks auseinandergerissen hatte, um den Kampfanzug daraus zu entnehmen. Das konnte nur ein Wesen mit ganz anderen Kräften getan haben. Es mußte darüber hinaus nahezu unempfindlich gegen Hitze gewesen sein. Stackon kam nicht in Frage.

Tolot zerlegte das Wrack, soweit dies nötig war, und entnahm einige Werkzeuge, die ihm nützlich erschienen, und mehrere syntronische Bausteine, die jedes für sich genommen vollkommen nutzlos waren, in Kombination mit anderen Teilen aber möglicherweise helfen konnten, diese Welt irgendwann zu verlassen. Dazu mußte er allerdings eine technisch ausreichend ausgerüstete Werkstatt finden, in der er die fehlenden Teile bauen konnte.

Es hatte keinen Sinn, noch länger beim Wrack zu bleiben. Da er nicht alle geborgenen Teile mit sich herumtragen wollte, flog der Haluter mit Hilfe seines Gavo-Paks bis zum höchsten Punkt der steinernen Halbkugel hinauf und versteckte einige Teile dort in einem Spalt, um sie später abzuholen, sobald er sie benötigte.

Dann ließ er sich auf den Boden herabsinken und schaltete das Antigravgerät aus, um die Energiereserven zu schonen. Nachdem er viele Wochen an Bord seines Raumschiffs HALUTA verbracht hatte, hatte er das Verlangen nach Bewegung. Er ließ sich auf seine beiden Laufarme nieder und trottete zunächst langsam in den Wald hinein, beschleunigte dann jedoch, ohne dabei auf einen Weg zu achten. Er brach einfach durch das Unterholz und schuf sich seinen eigenen Weg.

Das Vergnügen an der Bewegung übermannte ihn, und er steigerte sein Tempo mehr und mehr, bis er einer Kanonenkugel gleich durch den Wald raste. Als sich ihm eine Reihe von turmhohen Felsnadeln in den Weg stellte, entschied er sich blitzschnell, es nicht durch eine der viel zu engen Lücken zwischen den Nadeln zu versuchen, sondern gewaltsam durchzubrechen.

Tolot veränderte die gesamte atomare Struktur seines Körpers. Unmittelbar vor dem Aufprall verwandelte er sich. Aus einem Wesen aus Fleisch und Blut wurde ein Gebilde höchster Dichte und Härte, nur noch mit einem Terkonitblock zu vergleichen. Mühelos durchbrach es die Felsnadel, schoß auf der anderen Seite heraus und raste weiter, wobei es sich erneut umwandelte und wieder zu einem Wesen aus Fleisch und Blut wurde.

Icho Tolot lachte laut und dröhnend. Die Bewegung tat ihm gut. Er spürte, wie sich die Muskulatur seines Körpers lockerte. Er streckte die Arme und steigerte seine Geschwindigkeit, bis er mit nahezu 120 Stundenkilometern durch die Wildnis raste.

Er hätte diese Geschwindigkeit stundenlang beibehalten können, doch als er einen Hügel erreichte, von dem aus er weit über das Land blicken konnte, beendete er seinen Sturmlauf. Auf allen vieren trottete er den Hügel hinauf, um sich auf der Kuppe zu voller Größe aufzurichten.

Vor ihm lag flaches, kultiviertes Land. Es wurde durch mehrere Straßen durchteilt, die in gerader Linie zu einer weiten Bucht liefen. Unmittelbar am Wasser erhoben sich die ausnahmslos roten Häuser einer Stadt. Die meisten von ihnen waren würfelförmig, einstöckig und klein, einige wenige aber erreichten zwanzig Stockwerke und mehr. Als schlanke Türme überragten sie alle anderen Gebäude. Auf einem von ihnen erblickte er ein Gerüst mit drei großen, leuchtenden Scheiben, die im Dreieck angeordnet waren – wie seine Augen.

Icho Tolot zweifelte keine Sekunde an der tieferen Bedeutung der drei Scheiben. Er mußte an die Aussagen der Legende denken, die ihn durch die Weiten des Universums hierher geführt hatten; er war sicher, daß er ein weiteres Indiz gefunden hatte.

Vor der Stadt, die sicher Platz für etwa hunderttausend Einwohner bot, bildete eine hohe, rote Mauer ein Bollwerk, das für Angreifer mit primitiven Waffen sicherlich nicht leicht zu überwinden war.

Doch Icho Tolot blieb keine Zeit, sich mit der Stadt zu beschäftigen, denn ein echsenartiger Titanier rannte gestikulierend auf ihn zu. In einer Hand hielt er ein Messer mit einer armlangen Klinge. Ein schwarzer Umhang bedeckte den größten Teil seines Körpers. Auch dieses Wesen trug ein metallisch glänzendes Halsband. Es war mit einem unscheinbaren, schwarzen Stein besetzt. Das Wesen war deutlich kleiner als Stackon und der andere Titanier, der im Beiboot gestorben war, und es bewegte sich schwerfällig und langsam. Es war bei weitem nicht schnell genug, um ihn in Verlegenheit bringen zu können.

Abwehrend hob der Haluter seine vier Arme. In der tiefstehenden Sonne leuchteten seine drei Augen feuerrot, und die Doppelreihen seiner kegelförmigen Zähne zwischen den schwarzen Lippen boten einen furchterregenden Anblick. Er hatte oft genug erlebt, daß Angreifer den Mut verloren, sobald sie ihm nahe genug gekommen waren, um seine Stärke erkennen zu können.

Der Titanier ließ sich jedoch nicht abschrecken. Er war etwa drei Meter groß und somit um einen halben Meter kleiner als er. Dabei machte er einen kräftigen Eindruck. Bei jedem Schritt zeichneten sich die Muskeln unter seiner Haut als schwellende Stränge ab. Der Angriff eines solchen Gegners war ernstzunehmen.

Eigenartig tänzelnd, schwerfällig mal zu dieser, mal zu jener Seite ausweichend, kam er näher; als er noch etwa zwei Meter von ihm entfernt war und die rechte Hand nach ihm ausstreckte, während er mit der linken ausholte, in der er das Messer hielt, schnellte sich der Haluter auf ihn zu und schlug ihn mit einer blitzschnellen, gegen den Kopf geführten Kombination seiner vier Fäuste zu Boden. Er entriß dem anderen das Messer und schleuderte es weit von sich.

Das Echsenwesen wankte und stürzte zu Boden. Verblüfft blickte der Haluter es an, denn es hatte ihm einen erheblich höheren Widerstand geleistet, als er erwartet hatte. Um es nicht zu verletzen, hatte er nur vorsichtig zugeschlagen. Er hatte trotzdem das Gefühl, als seien seine Fäuste gegen Holz geschlagen.

Als der Titanier nun versuchte, wieder auf die Beine zu kommen, warf er ihn mit einem Griff auf den Rücken, so daß er hilflos war. Dabei packte er ihn unbeabsichtigt mit einer Hand am Halsband. Es zerriß, und er hielt es in der Hand. Der schwarze Umhang blieb an einer aus dem Boden ragenden Wurzel hängen, ein großer Fetzen löste sich aus ihm.

Nun trat Icho Tolot zurück und ließ die Fäuste sinken. Dem anderen wollte er so bedeuten, daß er den Kampf als beendet betrachtete. Er wollte keine Auseinandersetzungen, er wollte die Verständigung. Wiederum war er überrascht worden, denn sein Gegner hatte sich als weitaus schwerer erwiesen, als er aufgrund seiner Größe und seiner Körperstruktur zuerst angenommen hatte.

Er hoffte, daß der Titanier auf sein Friedensangebot eingehen und mit ihm reden würde, doch der andere beachtete ihn nicht. Er wälzte sich auf seine vier Beine herum, ließ den weit vorgestreckten Kopf bis fast auf den Boden sinken und kroch schlangengleich davon. Seine

Körperhaltung zeigte an, wie sehr er sich fürchtete und wie er sich gedemütigt fühlte.

Icho Tolot beobachtete ihn.

»He«, rief er, »Sie haben etwas verloren.«

Er wollte dem Titanier das Halsband zuwerfen, doch der drehte sich nicht um, sondern flüchtete mit einer Geschwindigkeit vor ihm, als sei der Satan selbst hinter ihm her.

Icho Tolot spürte, daß er einen Fehler gemacht hatte, doch er überlegte vergeblich, welcher das war. Der andere hatte ihn angegriffen, und er war gezwungen gewesen, sich zu wehren.

»Sie sprechen nicht«, sagte er laut und blickte dabei unwillkürlich auf seinen syntronischen Translator, der auf diese Weise nicht die nötigen Sprachinformationen erhielt. »Solange sie den Mund nicht aufmachen, komme ich nicht weiter.«

Er drehte das Metallband mit dem Stein hin und her. Es bestand aus einem billigen Material, war jedoch sorgfältig geputzt worden. Auch der Stein war von minderwertiger Qualität. Er ließ das Band zu Boden fallen, wo der Titanier es sich später abholen konnte, falls er Wert darauf legte.

Nun bemerkte er eine große Zahl weiterer Echsenwesen auf den Feldern. Sie blickten ohne Ausnahme zu ihm her, und er wünschte sich, Einblick in ihre Gedanken nehmen zu können. Regen setzte ein, nachdem es lange Zeit trocken gewesen war, und ein kalter Wind strich aus nördlicher Richtung über das Land.

Um weiteren Auseinandersetzungen aus dem Weg zu gehen, schaltete Icho Tolot seinen Antigrav ein, schwebte einige Meter in die Höhe und glitt dann langsam auf die Stadt zu. Die Titanier auf den Feldern ließen ihre Werkzeuge sinken. Staunend liefen sie neben ihm her, wobei sie jedoch einen Abstand von wenigstens hundert Metern von ihm hielten.

Dem Haluter fiel auf, daß sie alle einfache Halsbänder mit schwarzen Steinen trugen. Sie hielten stets den gleichen Abstand voneinander, und jeder Titanier bewegte sich exakt in der Spur seines Vordermannes. Als der erste in der Reihe stehenblieb, machten es ihm alle anderen nach; einige, die nicht aufgepaßt und ihrem Vordermann bei dem Stopp zu nahe gekommen waren, traten rasch zurück, um den alten Abstand wiederherzustellen. Dabei bewegten sie sich eigentümlich langsam, fast zögernd, waren aber schnell genug, mit ihm auf gleicher Höhe bleiben zu können.

Icho Tolot erkannte, daß sie nach festen Regeln neben ihm her zogen und daß sich alle nach einer bestimmten Rangordnung richteten. Jeder schien genau zu wissen, was er zu tun hatte, so daß sie bei aller Individualität den Eindruck eines kollektiven Wesens machten.

Hatten die Titanier, die ihn angegriffen hatten, das auch getan?

Hatten sie etwa von ihm erwartet, daß er sich ebenso verhielt wie sie? War sein Fehler gewesen, daß er sich nicht so verhalten hatte, wie sie es erwartet hatten?

Stackon kehrte in höchster Eile in die Stadt zurück. Als er den Stadtrand erreichte, blieb er stehen und wartete, bis ihm der *Beobachter* auf dem Dach des höchsten Gebäudes von *Erz* ein Zeichen mit dem Spiegel gab. Er sah es viermal hintereinander aufblitzen, und erst dann ging er weiter, bis an das rechte von drei nebeneinander liegenden Stadttoren der Mauer.

Er hob beide Arme über den Kopf und neigte sich zugleich weit nach hinten, bis der grüne Edelstein an seinem Halsband nahezu senkrecht nach oben zeigte. Hoch über ihm lugte ein Wächter durch eine Öffnung herab. »Wer bist du, Fremder? Und woher des Wegs?« rief er herunter.

»Red keinen Unsinn, Amablon«, antwortete Stackon. »Ich bin kein Fremder für dich. Du kennst mich. Ich hab's eilig. Öffne das Tor. Außerdem ist es kalt. Ich bin schon ganz steif vor Kälte, und ich will endlich in ein warmes Haus.«

»Wer bist du, Fremder?« fragte der Wächter erneut. Der Pilgerspiegel an seinem Hals blitzte, als hätten sich alle Strahlen der Sonne darin verfangen. »Und woher des Wegs?«

Stackon sah ein, daß er sich der Tradition beugen mußte.

»Mein Name ist Stackon«, erwiderte er seufzend. Die Hartnäckigkeit Amablons ärgerte ihn, doch er kannte ihn von Kindheit an, und er wußte, daß seine Sturheit nicht zu übertreffen war. Er hätte bei ihm eine Ausnahme machen können, ohne gleich fürchten zu müssen, daß er dafür mit Entlassung bestraft wurde, doch ein Mann wie Amablon machte keine Ausnahmen. Er hielt sich streng an das seit Jahrtausenden überlieferte Ritual; für Änderungen war er nicht zu haben. »Geboren in der Stadt hinter diesen Mauern, genannt Erz. Als Stiftergehilfe bin ich ausgezogen, das Grabmal der Heiligen Kugel zu besuchen, um dort den Pflichten der *Geweihten Tage* zu genügen. Enta, der Hohepriester der *Stiftung grüner Erde*, ist mein Zeuge. Er wird bestätigen, daß ich in dieser Stadt geboren bin und stets meine Steuern pflichtgetreu beglichen habe.«

»Na also! Warum nicht gleich so?« Amablon zog sich zurück, und nun öffnete sich das Tor so weit, daß er hindurchschreiten konnte.

Als sich das Tor hinter Stackon schloß, durchbrachen Sonnenstrahlen die tief hängenden Wolken, und es hörte auf zu regnen. Er blieb stehen, drehte der Sonne den Rücken zu und hob beide Hände über den Kopf, so daß sie einen Schatten auf den Sandboden warfen. Er legte sie so aneinander, daß Daumen und Finger zunächst einen Kreis bildeten, schob sie dann gegeneinander, bis auf dem Boden der Schatten eines Vogelkopfes mit scharf gekrümmtem Schnabel erschien.

Danach erst eilte er zu einem Tempel, der in der Nähe des Tores stand. Er lief an Dutzenden von Marktständen verschiedener Händler vorbei, die im Schatten der Mauer allerlei Waren anboten.

Drei Stufen führten zu dem Tempel hinauf, einem kreisförmigen Gebäude, dessen spitze Kuppel auf mächtigen Säulen ruhte. Stackon brauchte mehrere Minuten, bis er die oberste Stufe erreicht hatte und den Tempel betreten konnte, da er gezwungen war, auf jeder Stufe einige Worte aus der *Ersten Schrift* zu zitieren. Da er möglichst wenig Zeit verlieren wollte, suchte er sich stets die kürzesten Verse aus, die ihm einfallen wollten.

Er lief an den Säulen entlang zu einer schmalen Tür, schlug kurz mit der flachen Hand dagegen und trat ein.

»Ehrwürdiger Gruß, Sema«, sagte er und trat an einen Tisch heran, an dem ein kleiner, schmächtiger Mann saß. Der Greis hatte keine einzige Feder mehr an seinem Kopf und seinem Hals. Tiefe Falten umrahmten seinen Mund. Sie verrieten, daß er zahlreiche Demütigungen in seinem an Enttäuschungen reichen Leben hatte hinnehmen müssen. Um den Hals trug er ein Metallband mit einem großen rosa Stein.

»Ehrwürdiger Gruß«, antwortete der Alte.

»Ich muß den Hohepriester der Stiftung sprechen«, sprudelte es aus Stackon hervor. »Sofort! Ich habe eine wichtige Meldung zu machen.«

Der alte Mann schob einen dünnen Teppich zur Seite, der vor ihm auf dem Tisch lag. Darunter wurde eine flache, beschriftete Tafel sichtbar. Undeutlich und für Stackon nicht zu erkennen zeichneten sich Reihen von Symbolen darauf ab.

»Nein, nein!« rief er. »Ich will keinen Termin. Ich muß den Hohepriester sofort sprechen!«

Der Alte schüttelte den Kopf. »Es gibt kein Sofort«, wies er ihn ab. Sein Finger glitt von Symbol zu Symbol.

»Hör auf damit, Sema«, erregte sich Stackon. »Wir schweben alle in großer Gefahr. Möglicherweise haben wir es mit einem gefährlichen Feind zu tun, der die Stadt schon bald erreichen wird.«

Der Alte war nicht zu beeindrucken. »In vier Tagen kurz nach der Mittagsruhe habe ich etwas frei«, sagte er. »Dann kannst du den Hohepriester acht Minuten lang sprechen.«

»Begreifst du denn nicht?« fragte Stackon. »Eine Gefahr nähert sich der Stadt. Ein fremdes, ungeheuer starkes Wesen ist mir am steinernen Grab begegnet. Es kann noch heute hier sein und die Mauern durchbrechen. Deshalb muß ich den Hohepriester sofort warnen. In vier Tagen ist alles zu spät.«

Der Alte blickte auf und lächelte. »Ihr jungen Leute! Ihr möchtet alles ändern. Niemand auf dieser Welt kann die Mauern durchbrechen.«

»Dieses Wesen könnte es tun!«

»Niemand ist so stark, daß er es könnte. Die Tore halten jeden Angreifer ab. Außerdem gibt es niemanden auf dieser Welt, der unsere *geheiligten Regeln* mißachten würde. Dafür sind sie schließlich vor Jahrtausenden geschaffen worden, und niemand, vor allem nicht so ein junger Mann wie du, wird diese Regeln ändern. Wir Stifter sind dazu da, über die Regeln zu wachen. Es ist uns nicht gestattet, darüber nachzudenken, wie wir sie ändern können!«

»Ich werde wahnsinnig!« stöhnte Stackon. »Ein Wesen wie jenes am Grabmal habe ich noch nie gesehen. Es nimmt keine Rücksicht. Ich habe ihm das Leben gerettet, indem ich verhindert habe, daß es mit einer Goemmapflanze in Berührung kommt.«

»Eine begrüßenswerte Tat.«

»Der Riese hat darauf seine vier Hände aneinander gelegt und seine drei Augen geschlossen. Verstehst du? Er hat mir mit einer Geste der Verdammnis geantwortet. Er hat mich verflucht, anstatt mir zu danken.«

»Du mußt dich geirrt haben. Niemand würde so etwas Abscheuliches tun!«

»Dieser Fremde hat es getan, und dafür hasse ich ihn. Niemals werde ich vergessen, daß er mir und meinem Haus Krankheit und Tod gewünscht hat. Ein solches Wesen hat es noch nie gegeben. Es kann nicht von diesem Planeten stammen, sondern muß aus der Hölle gekommen sein. Es hat...«

»Es reicht«, unterbrach ihn der Alte. »In vier Tagen!«

»Der Fremde schert sich einen Teufel um unsere *geheiligten Regeln*. Ich habe es selbst erlebt.«

»Das Gespräch ist beendet«, wies ihn der Alte ab.

»Aber der Fremde wird bald hier sein«, protestierte

Stackon. »Vielleicht schon in wenigen Minuten. Ich muß den Hohepriester unterrichten, damit er die Gegenwehr organisieren kann.«

»Verschwinde und nimm deine Pflichten wahr!«

»Ich denke nicht daran. Die Stadt schwebt in großer Gefahr. Ich muß den Hohepriester warnen.« Er ging an dem Tisch vorbei und versuchte, durch eine Tür dahinter zu gehen. Der Alte sprang erstaunlich behende auf, griff nach dem Verband an seinem Hals. Mit einem Ruck riß er ihn herunter. Die Wunde brach auf, und das Blut schoß pulsierend daraus hervor.

Stackon blickte ihn entsetzt an. Er preßte die Hand auf die Wunde. »Im Tempel darf kein Blut vergossen werden«, stammelte er. »Nicht ich bin es, der Blut vergießt, sondern du«, antwortete Sema mit einem boshaften Lächeln auf den Lippen. Er legte die Hände an den Hals, so daß seine Fingerspitzen das Metallband berührten.

Vergeblich versuchte Stackon, die Blutung mit den Händen zu stillen. Es war unmöglich. Das Blut quoll zwischen den Fingern hervor; schon nach wenigen Sekunden war der Blutverlust so hoch, daß der junge Mann erschöpft zusammenbrach und das Bewußtsein verlor.

Sema verließ den Tempel und blieb zögernd stehen. Die Wolkendecke hatte sich wieder geschlossen. Ein kalter, unangenehmer Wind pfiff durch die Straßen der Stadt. Ruhig und schwerfällig überquerte der Alte einen Platz. Er wollte schneller gehen, denn Regen setzte ein, doch er konnte nicht. Die Kälte ließ seine Muskeln steif werden. So atmete er schließlich erleichtert auf, als er die Räume eines beheizten Hauses betreten konnte. Zuvor hatte er allerdings eine lange Minute in stiller Andacht verharrt und geduldig den kalten Regen ertragen.

In einem großen Raum hielten sich mehrere Männer und Frauen auf. Sie erhoben sich augenblicklich und grüßten devot, als er hereinkam. Sema beachtete sie nicht und öffnete die Tür zum Nebenraum. In dem ein ganz in rot gekleideter Titanier hinter einem Tisch saß und schrieb. Auch die Federn auf seinem Kopf und am Hals waren rot, ebenso der Edelstein an seinem Hals. Er wurde allerdings von einem weißen Ring aus geschliffenem Stein eingefaßt.

»Drüben im Tempel liegt Stackon und verblutet«, sagte der Alte. »Wenn es deine Ehre erlaubt, die Versorgung der Patienten zu unterbrechen, wäre es angebracht, nach ihm zu sehen.«

Der Arzt erhob sich sofort. In großer Eile raffte er einige Dinge zusammen, die er für Stackon unbedingt benötigte, dann lief er in einen Nebenraum, befahl zwei Assistenten herbei und eilte mit ihnen zusammen an Sema vorbei, zum Haus hinaus und zum Tempel hinüber. Doch auch er wagte bei aller Dringlichkeit nicht, den Tempel zu betreten, ohne zuvor auf den Stufen zu verharren und aus dem *Buch* zu zitieren. Seine Assistenten blieben stets drei Schritte hinter ihm und erreichten die Stufen entsprechend später als er. Als er den Verletzten endlich erreichte, war Stackon dem Tode näher als dem Leben.

Er handelte schnell und entschlossen. Er legte Stackon eine Arterienpresse an, um die Blutung zu stillen. Als er damit fertig war, traten seine Assistenten hinzu. Sie schirmten die Pilgerspiegel an ihrem Hals etwa eine Minute lang mit den Händen ab, überzeugt davon, daß von dem vergossenen Blut des Verletzten eine böse Strahlung ausging, die ihnen schaden konnte. Dann aber nahmen sie ihn auf und trugen ihn in die Praxis hinüber.

Sema rief Hilfskräfte herbei und befahl ihnen, den Tempel von dem vergossenen Blut zu säubern. Dann verständigte er den Hohenpriester von der Verschmutzung des Tempels durch das Blut, damit er den Tempel durch ein entsprechendes Ritual von den negativen Einflüssen reinigen konnte, die möglicherweise von dem Blut ausgehen konnten. Dazu bediente er sich eines autorisierten Helfers, den er zum obersten Stifter schickte.

Von dem Fremden, dessen Ankunft Stackon melden wollte, sagte er nichts. Danach nahm Sema seinen Posten in dem nunmehr gereinigten Raum wieder ein und schrieb eifrig auf eine Tafel, was geschehen war.

3.

Befriedigt registrierte Icho Tolot, daß die Titanier eifrig miteinander redeten, während sie ihn in respektvollem Abstand auf seinem Weg zur Stadt begleiteten. Endlich bekam der Translator die nötigen Sprachinformationen. Ihm fiel auf, daß die Wesen sich in einem ganz anderen Tonfall als Stackon miteinander unterhielten. Während seine Sprache einen ganz eigentümlichen Rhythmus gehabt und er die Tonhöhe ständig gewechselt hatte, sprachen sie in einem gleichmäßigen, ruhigen Tonfall, mal lauter, mal leiser, ohne dabei jedoch die Tonhöhe in vergleichbarer Weise zu variieren.

Tolot selbst spitzte ebenfalls die Ohren, um Informationen aufzunehmen. Sein Planhirn hatte sich stets als guter Translator erwiesen, der sich bei Kontakten mit fremden Wesen bewährt hatte.

Es dauerte nicht lange, bis ihm einige Begriffe klar wurden, während er für andere keine sinnvolle Übersetzung finden konnte. Es war aber noch viel zu früh, um über den Erfolg zu urteilen. Manche Sprachen waren sehr einfach in ihrem Aufbau und hatten einen begrenzten Wortschatz, während andere kompliziert waren und über zahllose Varianten verfügten, die eine Übersetzung außerordentlich schwierig und ungenau machten. Oft genug hatte er bei Kontakten mit verschiedenen Völkern feststellen müssen, daß eine exakte Übersetzung gar nicht möglich war.

Die Sprache der Titanier schien nicht besonders schwierig zu sein, weil es ihm – wie Tolot glaubte – recht schnell gelang, zumindest einige Begriffsgruppen zu erfassen.

Während er sich dem Stadttor immer mehr näherte, konnte er zumindest einige Worte der fremden Sprache beherrschen. Er bemerkte das mehrfache Aufblitzen eines Spiegels und erkannte wohl, daß diese Signale eine Bedeutung haben mußten, wußte jedoch nicht, wie er darauf reagieren sollte. Er schwebte bis an das Tor heran, ließ sich auf den Boden sinken und schaltete den Antigrav aus.

Das Tor bestand nicht einfach nur aus zwei Türblättern, die gegeneinander bewegt werden konnten, sondern glich zwei riesigen Händen mit jeweils drei Fingern, die sich ineinander legten, wenn man das Tor schloß. In diesem Zustand bot es das Bild eines wuchtigen sechsgliedrigen Wesens, das auf zwei stämmigen Beinen stand und seine vier Arme vor der Brust verschränkte.

Icho Tolot fand, daß das Tor sogar eine entfernte Ähnlichkeit mit ihm hatte, zumal an seinem oberen Teil drei große Metallplatten befestigt waren, die wohl der Panzerung dienten, Tolots Interesse jedoch aus einem anderen Grunde weckten. Sie waren im Dreieck angeordnet – wie die drei roten Scheiben auf dem Turmgebäude, wie seine Augen!

Über ihm öffnete sich eine Luke, und das Gesicht eines Wächters erschien. »Wer bist du, Fremder?« fragte das Echsenwesen. »Und woher des Wegs?«

»Icho Tolot«, antwortete der Haluter in der Sprache des Titanier. »Laß mich in die Stadt.«

»Wer bist du, Fremder?« wiederholte der Wächter die Frage. »Und woher des Wegs?«

»Icho Tolot«, erwiderte der Haluter und brachte seine Forderung erneut vor.

»Wer bist du, Fremder?« wiederholte das Echsenwesen stur. »Und woher des Wegs?«

»Soll das stundenlang so weitergehen?« brüllte der Haluter in Interkosmo. »Öffne!«

»Wer bist du, Fremder?« begann der Wächter.

Icho Tolot ließ ihn nicht weiterreden. Aus dem Stand heraus schnellte er sich in die Höhe und schlug eine seiner Fäuste gegen das Holzgerüst über dem Tor, auf dem der Wächter stand. Es krachte, als sei das Gebälk in seinem Innersten zerstört worden. Während er auf den Boden zurückfiel, klappte die Luke zu; er hörte es über sich poltern. Vor Schreck war das Echsenwesen offenbar heruntergefallen.

Icho Tolot wollte den Bogen nicht überspannen. Er trat einige Schritte zurück und sah sich um. Etwa zweihundert Meter entfernt standen die Titanier, die ihn begleitet hatten, zwischen den Büschen der Felder und beobachteten ihn. Auf der Mauer blieb es ruhig.

»Wächter!« rief Icho Tolot.

Die Luke öffnete sich. »Wer bist du, Fremder?« fragte das Echsenwesen mit zitternder Stimme. Er preßte eine mit langen Krallen versehene Hand gegen den offenbar schmerzenden Kopf. »Und woher des Wegs?«

Der Haluter dachte nicht daran, sich auf das Spiel einzulassen, zumal er nicht einmal wußte, wie die richtige Antwort lautete.

Ihm war klar, daß er es mit einem Wächter zu tun hatte, der nicht in der Lage war, mehr als diese paar Worte hervorzubringen und schon gar nicht entscheiden konnte. Bekam er nicht die richtige Antwort, öffnete er das Tor nicht. Eine festgelegte Antwort war der Schlüssel zum Tor. Er als Nicht-Titanier konnte sie nicht wissen. Folglich konnte er seine Forderung wochenlang wiederholen, ohne daß sich etwas änderte. Der Wärter würde jede Anfrage mit der Wiederholung seiner Fragen beantworten.

Der Haluter hätte die Mauer leicht mit Hilfe seines Antigravs überwinden können. Er hätte aufsteigen und sie überfliegen können. Doch das wollte er nicht. Mit einer Demonstration seiner Stärke und seiner Macht hoffte er, die Titanier so beeindrucken zu können, daß sie alle kriegerischen Aktionen gegen ihn einstellten. Wozu sollte er ihre Rituale erlernen, wenn er nicht das geringste Interesse an solchen Auseinandersetzungen hatte? Je früher die Titanier einsahen, daß es vernünftiger war, sich mit ihm zu arrangieren, desto besser.

Tolot beschloß, gewaltsam in die Stadt einzudringen. Er trat langsam zurück, bis er sich etwa fünfzig Meter von der Mauer entfernt hatte.

Die Titanier verhielten sich ungewöhnlich. Ein Wesen wie ihn konnten sie nie zuvor gesehen haben. Für sie kam er aus dem Nichts oder war buchstäblich aus dem Himmel gefallen. Daher mußte sein Erscheinen Emotionen bei ihnen auslösen, konnte sie nicht gleichgültig lassen. In den Jahrtausenden seines Lebens war er vielen Wesen im Universum begegnet, aber noch keines hatte sich verhalten wie dieser Titanier, der so tat, als habe er es alle Tage mit Außerirdischen zu tun.

Auf anderen Planeten war man in panischer Angst vor ihm geflohen, hatte Waffen aufgefahren, weil man glaubte, sich vor ihm verteidigen zu müssen, hatte sich ängstlich eingeigelt, oder man hatte versucht, sich mit ihm zu verständigen. Nirgendwo aber hatte man ihn so hingenommen wie hier und getan, als stamme er aus irgendeiner Ecke dieser Welt.

Kannte man Erscheinungen wie ihn aus alten Darstellungen? *Sollte ich doch nicht der erste Haluter sein, der hier aufkreuzt?* fragte er sich. *Oder habe ich Ähnlichkeit mit Wesen, die auf diesem Planeten leben und die von meinen Urahnen abstammen?*

Icho Tolot wußte nicht, was er glauben sollte. Nur zu gern hätte er das Verhalten des Wächters als Indiz dafür genommen, daß seine Suche nach dem Ursprung der Haluter erfolgreich war und er das Ende der langen Spur erreicht hatte. Doch er war nicht bereit, voreilige Schlüsse zu ziehen, nur weil diese mit seinen Wünschen und Hoffnungen übereinstimmten. Er wollte klare und unwiderlegbare Beweise.

Er entschloß sich, die Bewohner der Stadt auf besondere Weise auf sich aufmerksam zu machen und sie zu einer Reaktion zu zwingen. Er wollte die Stadtmauer im Sturmlauf durchbrechen!

Um einen entsprechenden Anlauf nehmen zu können, entfernte er sich etwas weiter von der Mauer, dann fuhr er herum, ließ sich auf seine Laufarme herabfallen und beschleunigte. Schon nach wenigen Sekunden war er so schnell, daß ihm kein Titanier hätte folgen können. Die Mauer kam rasend schnell auf ihn zu.

Icho Tolot gab den entscheidenden Impuls, seine Körperstruktur zu verändern. Aus dem Wesen aus Fleisch und Blut sollte ein Etwas werden, das einem Stahlgeschoß glich und mit seiner Härte und seiner Körpermasse die Mauer unbeschadet durchbrechen konnte.

Es war ein tausendfach geübter Prozeß, über den der Haluter nicht mehr nachdenken mußte. Er lief automatisch und in Bruchteilen von Sekunden ab.

Normalerweise.

Einen Meter vor der Mauer merkte Icho Tolot, daß er es nicht schaffte, den Prozeß in Gang zu setzen. Seine atomare und molekulare Struktur veränderte sich nicht!

Er blieb ein Wesen aus Fleisch und Blut – und es war zu spät, den Sturmlauf noch abzubremsen.

Mit dem Kopf voran prallte er gegen die Mauer; der Stein erwies sich als wesentlich härter als er. Sie erlitt nicht die geringste Schramme, während er die ganze Wucht des Aufpralls absorbieren mußte.

Mit einem schrecklichen Krachen endete der Sturmlauf. Icho Tolot brach auf der Stelle zusammen, stürzte zu Boden und streckte alle sechse von sich. Seine Augen schlossen sich. Er versank in bodenloser Schwärze.

Wolkenbruchartiger Regen setzte ein und überschüttete ihn mit eiskaltem Wasser, als wollte ihn eine höhere Macht aufwecken.

Das Stadttor öffnete sich, und eine Gruppe von Titaniern kam heraus. Langsam, wie bei einer Prozession, bewegten sie sich zu dem bewußtlosen Haluter; einige der Männer legten ihm schwere Stahlketten an, um sicherzustellen, daß er nicht entkommen konnte, wenn er aus der Ohnmacht erwachte. Dann schleiften sie ihn durch das Tor in die Stadt hinein und brachten ihn in ein nahes Verlies.

Icho Tolot blieb reglos liegen, nachdem sie ihn in einem kleinen Raum auf den Boden geworfen hatten. Blut sickerte aus den Platzwunden am Kopf, die er sich bei dem Aufprall zugezogen hatte.

»Es ist ein schreckliches Ungeheuer«, behauptete die junge Frau, die an einem der Marktstände Früchte und Gemüse einkaufte. »Es lauert vor der Mauer der Stadt.«

»Dann ist es gut«, antwortete eine andere Frau, die nur mäßig an der Nachricht interessiert war. »Es kann nicht in die Stadt. Die Mauer ist unüberwindbar.«

Eguordo nahm eine der Früchte und legte eine Münze dafür hin. Dann trat er langsam zurück, wobei er von der Frucht abbiß. Er blickte zur Stadtmauer, die mehr als einen Kilometer von dem kleinen Marktplatz entfernt war, durch eine der schnurgerade verlaufenden Gassen jedoch gut zu sehen war.

»Es heißt, daß das Ungeheuer sogar fliegen kann«, fuhr die erste Frau fort. »Vielleicht fliegt es einfach über die Mauer hinweg.«

»Unsinn«, widersprach die andere. »Selbst der Dümmste weiß, daß niemand fliegen kann. Wir brauchen keine Angst zu haben.«

Sie hatte eingekauft und verließ den Marktplatz. Eguordo folgte ihr bis zu einem kleinen, roten Haus, das unscheinbar zwischen zwei anderen, wesentlich größeren Gebäuden stand. Als sie es betreten hatte, blieb er an der Tür stehen und wartete einige Minuten, bis er mit der Faust pochte. Sie öffnete so schnell, als habe sie hinter der Tür gewartet.

Fragend blickte sie ihn an. Er war deutlich größer als sie, und er hatte einen ungewöhnlich großen Kopf mit einer breiten, weit vorspringenden Nase. Die Federn auf seinem Kopf bildeten einen nach vorn geneigten Busch, der so tief herabreichte, daß die Enden der Federn fast seine lebhaften Augen überdeckten. Er trug einen fast farblosen Stein an seinem Pilgersiegel.

»Ich bin Arzt«, stellte er sich vor. »Es wäre eine große Ehre für mich, wenn du mir erlauben würdest, nach deinem Mann Stackon zu sehen.«

Sie nickte erleichtert, trat zur Seite und ließ ihn eintreten.

»Stackon braucht Hilfe«, sagte sie, während sie ihn zu dem Verletzten führte. »Bisher haben sie zu wenig für ihn getan. Ich bin froh, daß du dich seiner annehmen willst.«

Im Haus war es stickig warm, doch die Frau schien diese Temperatur als angenehm zu empfinden.

Stackon lag im Dämmerschlaf auf dem gepolsterten Boden. Seine Wunde hatte sich entzündet, und er fieberte.

Eguordo knickte seine vier Beine ein und ließ sich neben ihm auf den Boden sinken, um ihn zu untersuchen. Aus einer Tasche, die unter seinem Umhang verborgen gewesen war, holte er ärztliches Besteck hervor; dann gab er ihm eine Injektion.

»Es ist unverantwortlich, was der andere Arzt gemacht hat«, sagte er zu der Frau, die ihn aufmerksam beobachtete. »Er mußte zu lange auf Hilfe warten, und als der Arzt endlich bei ihm war, hat er ihn nur unzureichend versorgt. Aber du kannst beruhigt sein. Dein Mann wird wieder gesund werden.«

Stackon öffnete die Augen und blickte verwirrt um sich. Er brauchte einige Zeit, um sich zurechtzufinden.

»Ich bin Arzt«, stellte Eguordo sich vor. »Ich habe mich um deine Verletzung gekümmert.«

Stackon begann damit, die Dankes-Ode zu zitieren, doch Eguordo unterbrach ihn schon nach wenigen Worten.

»Nicht nötig«, sagte er. »Ich weiß deine Dankbarkeit zu schätzen, aber du mußt deine Kräfte schonen. Viel lieber wäre es mir, wenn du mir etwas über deine Begegnung mit dem Fremden erzählen würdest.«

»Der Fremde?« Stackon hob abwehrend die Hände. »Dazu kann ich nichts sagen. Ich erinnere mich kaum. Er benahm sich eigenartig. Vollkommen fremd. Ich hatte Angst vor ihm. Und es war zu kalt, so daß ich nicht gleich vor ihm weglaufen konnte.«

Nach dieser seltsam klingenden Antwort schloß er die Augen und verlor das Bewußtsein. Eguordo erhob sich.

»Ich komme wieder und sehe nach ihm«, versprach er der Frau. »Ich hoffe, das ist dir recht.«

Sie blickte ihn aus leuchtenden Augen an. Der Arzt gefiel ihr. Er hatte etwas an sich, was eine eigenartige Faszination auf sie ausübte. Er war anders, ganz anders als alle Männer, die sie bisher kennengelernt hatte. Er besaß eine gewisse Wärme, die besonders anziehend für sie war.

»Gern«, sagte sie und streckte die Hand aus, um ihn zärtlich zu berühren. »Mein Haus steht dir jederzeit offen.«

»Ich hatte gehofft, daß du das sagst«, entgegnete er. »Deine Antwort erwärmt mein Blut.«

Sie schlug die Augen nieder, und für einen Moment schien es so, als wollte sie verhindern, daß er das Haus verließ. Doch dann wurde sie sich dessen bewußt, daß eine solche Geste allzu verfrüht war und abstoßend auf ihn wirken könnte. Sie ließ die Hand sinken und trat mit anmutiger Bewegung zur Seite, um die Tür freizugeben. Er schenkte ihr ein freundliches Lächeln, indem er seine ebenmäßigen Zähne entblößte. Ihr fiel auf, daß seine Reißzähne geradezu winzig waren und nicht über die anderen Zähne hinausragten.

Krachende Schüsse folterten ihn, und dann stampften Giganten mit wuchtigen Schritten durch die Schwärze des Alls auf ihn zu. Er glaubte, die Riesen sehen zu können, spürte er doch jeden ihrer Schritte bis ins Mark hinein, schien sein Kopf unter dem leisesten Geräusch, das sie verursachten, zerplatzen zu wollen.

Icho Tolot wollte seine Augen öffnen, aber die Lider gehorchten ihm nicht. Er streckte die Arme aus, um die Abwehrschirme der HALUTA einzuschalten und sich von dem ungeheuerlichen und unerträglichen Lärm abzuschirmen, der aus dem Weltall auf ihn eindrang. Es gelang ihm nur, die Arme bis zur Hälfte auszustrecken.

Endlich gelang es ihm, die Augen zu öffnen.

Er begriff augenblicklich, daß ihn seine Sinne getäuscht hatten. Er befand sich nicht in der Hauptleitzentrale der HALUTA, und da waren auch keine Gegner, deren Schritte das Weltall erzittern ließen.

Auf den Boden gefesselt lag er in einem abgedunkelten Verlies, und die Geräusche, die ihn quälten, kamen aus einem Raum in der Nähe. Dort bewegten sich wenigstens zwei Personen. Er vernahm ihre Schritte auf dem Boden und das Klirren der Ketten, die sie bei sich hatten.

Gern hätte er sich an den schmerzenden Kopf gegriffen, doch seine Ketten hinderten ihn daran. Er zerrte daran, um seine Hände zu befreien, doch der Lärm, den er dabei verursachte, quälte ihn derart, daß er den Versuch gleich wieder einstellte.

Der Haluter blieb ruhig liegen und beobachtete ein Insekt mit seinen infrarotempfindlichen Augen, das langsam über die Decke des Verlieses kroch. Allmählich kehrte die Erinnerung zurück. Ein eisiger Schrecken durchfuhr ihn. Er hatte die Fähigkeit verloren, seine molekulare

Zellstruktur zu verändern und zu einem schier unangreifbaren Wesen zu werden, das Mauern durchbrechen und ohne Schutzanzug sogar bis zu fünf Stunden in der Eiseskälte des luftleeren Weltraumes überleben konnte.

So etwas war Icho Tolot nie zuvor in seinem Leben geschehen. Die Fähigkeit, seine Struktur ändern zu können, war so selbstverständlich für ihn, daß er nicht ein einziges Mal darüber nachgedacht hatte, wie es sein würde, wenn er diese Fähigkeit verlor. Diese Möglichkeit war ihm keinen einzigen Gedanken wert gewesen.

Doch nun hatte er die Fähigkeit verloren. Sein Planhirn hatte ihm sogar den Dienst verweigert.

Während er noch darüber nachdachte, warum dies so war, verlor er das Bewußtsein erneut. Als er Stunden später erneut erwachte, erinnerte er sich noch sehr gut an seine letzten Gedanken, und er versuchte, dort anzuknüpfen, wo er durch die Ohnmacht unterbrochen worden war. Trotz aller Disziplin gelang es ihm nicht; seine Gedanken irrten eine geraume Weile orientierungslos herum, bevor er es wieder schaffte, sie auf die einzig wichtige Frage zu konzentrieren.

Es war unmöglich!

Haluter waren parapsychisch nicht begabt, besaßen jedoch eine Abschirmung gegen jede Art von Willensbeeinflussung. Niemand konnte ihre Gedanken lesen. Niemand konnte sie hypnotisieren oder mit parapsychischen Mitteln ihre Gefühle steuern. Sie vermochten buchstäblich jede Zelle ihres Körpers zu kontrollieren, jedes Organ ständig zu überwachen und zu steuern. Das war eine Ursache für ihre hohe Lebenserwartung von annähernd 3000 Jahren. Niemand konnte aufgrund dieser Fähigkeiten das Planhirn ausschalten. Und doch war es geschehen.

Icho Tolot horchte in sich hinein. Das Planhirn lebte. Es besaß noch immer seine volle Kapazität, aber als er nun versuchte, seine Zellstruktur zu verändern, versagte es ihm seinen Dienst.

Der Haluter spürte so etwas wie Verzweiflung in sich aufkommen.

Das Planhirn sollte nicht nur für eine Veränderung der Zellstruktur sorgen, es war zugleich auch sein Translator und Planer, es registrierte viele Dinge in seiner Umgebung, ohne daß sie in sein Bewußtsein vordrangen, die sich aber doch irgendwann nach ihrer Auswertung durch das Planhirn zu einem Ganzen zusammenfügten und dann zu lebenswichtigen Schlüssen führen konnten. Ohne Planhirn war er nur die Hälfte wert.

Er verdrängte die Gedanken an das, was er zur Zeit ohnehin nicht klären konnte, und konzentrierte sich auf das rein Äußerliche seiner Lage.

Tolot befand sich in einem Raum, der etwa viereinhalb Meter lang, drei Meter breit und drei Meter hoch war, einem Verlies also, in dem er gerade ausgestreckt liegen, nicht aber aufrecht stehen konnte. Eine kompakt aussehende Stahltür verschloß den Raum. Normalerweise hätte sie kein Hindernis für ihn dargestellt, doch unter den gegebenen Umständen konnte sie unüberwindlich sein. Er beschloß, es so bald wie möglich herauszufinden.

Er richtete sich in eine sitzende Position auf. Höher kam er nicht, denn Ketten führten von seinen Armen zu Stahlringen am Boden und hielten ihn fest. Die Beine waren ähnlich gesichert, so daß er nicht aufstehen oder in die Hocke gehen konnte. Man schien sich seiner außerordentlichen Kräfte bewußt zu sein.

»Ihr könnt mich nicht einsperren und festhalten«, sagte

er leise und zornig; dann stemmte er sich gegen seine Fesseln, um zunächst die im Boden verankerten Ringe herauszusprengen.

Er brach den Versuch sofort wieder ab, denn das Blut drängte sich ihm in den Kopf und verursachte schier unerträgliche Schmerzen. Stöhnend ließ sich der Haluter auf den Boden sinken. Er atmete heftig und wartete darauf, daß die Schmerzen abklangen. Er spürte, daß seine Wunden aufgeplatzt waren und ihm das Blut herunterlief.

Er verzichtete auf weitere Versuche und konzentrierte sich ganz auf seine Regeneration. Auch ohne die Hilfe seines Planhirns hatte er einen ausreichenden Einfluß auf die Zellstruktur seines Körpers – mithin auch auf die Wunden. Daher richteten sich seine ganzen Bemühungen darauf, die Wunden zu schließen und die schweren Schwellungen an seinem Kopf abklingen zu lassen.

Erschrocken stellte Tolot fest, daß die Verletzungen schwerwiegender waren, als er angenommen hatte. Da ihm das Planhirn nicht mit seiner vollen Kapazität zur Verfügung stand, brauchte er Ruhe und ausreichend Zeit, um sie auszukurieren. Sein Zellaktivator half dabei.

4.

Icho Tolot schreckte nach einer Ruhepause auf. Irgend etwas rasselte lärmend vor seinem Verlies, dann knarrte und quietschte die Stahltür in ihren Angeln. Ein mit Metallplatten gepanzertes Echsenwesen drängte sich zu ihm herein und trat ihm ohne jede Vorankündigung gegen den Oberkörper.

Der Haluter ließ die brutale Behandlung schweigend über sich ergehen. Er tat, als sei er noch immer im höchsten Maße geschwächt. Die Ketten lösten sich, und der Titanier riß ihn hoch. Er erwies sich als erstaunlich kräftig. Icho Tolot setzte ihm keinen Widerstand entgegen, sondern ließ sich aus der Zelle auf einen Gang zerren. Auch hier konnte er sich nicht zur vollen Größe aufrichten.

»Was ist los?« fragte er.

Der Titanier antwortete nicht, sondern packte ihn an den Armketten und schob ihn durch die Gänge der Gefängnisanlage. Es ging in verschiedene Richtungen, einige Male über Treppen nach unten und schließlich über eine feuchte, von Flechten bedeckte Treppe steil in die Höhe bis in einen vergitterten Käfig, der in einer Ecke eines Saales stand. Im gegenüber lagen sieben gefiederte Titanier mit gelben Umhängen in wannenartigen Vertiefungen. Sie musterten ihn mit schmalen, kalten Augen.

Icho Tolot blickte die Gitterstäbe prüfend an und befand, daß er mit ihnen fertig werden könnte. Sie waren nicht sehr dick und machten zudem nicht den Eindruck, besonders fest im Boden verankert zu sein.

Er beschloß, noch zu warten, bevor er einen Ausbruchsversuch machte. Zuerst einmal wollte er wissen, weshalb man ihn in diesen Raum geführt hatte. Schon die ersten Worte eines Titaniers beantworteten seine Frage.

»Angeklagter!« rief er, und der Translator des Haluters hatte inzwischen genügend Informationen aufgefangen, um die Worte halbwegs übersetzen zu können. »Du bist schwerer Vergehen beschuldigt worden, von denen das schwerste ist, in unsere Welt eingedrungen zu sein, ohne auf unsere Sitten und Gebräuche Rücksicht zu nehmen, und damit einen Angriff auf die Grundfesten unserer Kultur unternommen zu haben.«

»Unsinn«, knurrte Tolot in Interkosmo. »Wenn es die Grundfesten euer Kultur erschüttert, daß ich über eure Wege und Straßen gegangen bin, dann taugt eure Kultur nicht viel. Erklärt mir lieber, wer dafür aufkommt, daß mein Beiboot zerstört worden ist und wie ich den Dieb finde, der meinen Kampfanzug entwendet hat. Und sagt mir, wo mein kleiner Energiestrahler geblieben ist!«

Sie stellten keine Fragen. Sie hatten ihn nicht verstanden, und sie interessierten sich nicht für das, was er zu sagen hatte.

Trotz seiner ungewöhnlichen Intelligenz als Wissenschaftler, trotz seiner außerordentlichen Erfahrungen mit vielen Intelligenzwesen, trotz seines Translators und seines teilweise funktionierenden Planhirns hatte Icho Tolot große Mühe, der Angelegenheit zu folgen. Sicher war lediglich, daß er vor Gericht stand. Welche Funktionen die einzelnen Titanier ihm gegenüber hatten, war für ihn jedoch nicht erkenntlich.

Die Rolle der einzelnen Echsenwesen schien von Satz

zu Satz und von Anklagepunkt zu Anklagepunkt zu wechseln. Mal schien es, als werde er von einem Titanier verteidigt, um im nächsten Moment bereits von ihm attakkiert zu werden. Das war es nicht allein.

Es gab zahlreiche Wörter, die sich ähnlich waren, aber jeweils eine andere Bedeutung hatten. Zu unterscheiden waren sie nur durch winzige Abweichungen in der Betonung. Doch auch das traf nicht immer zu. Manche Wörter waren an der Aussprache nicht zu unterscheiden und hatten dennoch eine ganz andere Bedeutung im Zusammenhang mit anderen Wörtern, der Betonung anderer Wörter oder auch nur kleiner Atempausen. Auch das war noch nicht die letzte Schwierigkeit.

Icho Tolot merkte schon sehr bald, daß jedes Wort seinen besonderen historischen Ursprung hatte. So hatten manche Wörter oder gar Wortgruppen eine völlig andere Bedeutung, wenn sie in Bezug zu einem männlichen oder weiblichen Wesen standen.

Selbst das Wissen um die geschichtlichen Ursprünge genügte nicht für eine korrekte Bedeutung. Die Titanier begleiteten ihre Aussagen ständig mit mehr oder minder deutlichen Gesten. Die anderen Titanier kannten jede dieser Gesten, die aus einer Handbewegung, einer Verlagerung des Körpers oder aus einer leichten Verengung der Pupillen bestehen konnten, so daß sie keine Mühe hatten, den Ausführungen anderer zu folgen.

Icho Tolot stand vor einem kommunikativen Rätsel. Sein Translator, seine Erfahrungen, seine Intelligenz und sein Planhirn halfen ihm in diesem Fall nur sehr wenig.

Er verstand nicht, was im einzelnen verhandelt wurde, erfaßte aber immerhin, daß er sich in der Nähe der steinernen Halbkugel und gegenüber den dort auftauchenden

Titaniern falsch verhalten hatte. Aus ihrem Verständnis heraus hatten sie ihn bereits besiegt. Offenbar hatte der später im Beiboot verbrannte Titanier gar nicht vorgehabt, ihn mit einem Pfeil zu treffen. Das Ziel schien gewesen zu sein, ihn mit der daran hängenden Feder zu streifen. Nachdem ihm das gelungen war, hatte er einfach den Kampf gewonnen. Icho Tolot konnte nur vermuten, daß kein Titanier den Kampf danach noch in irgendeiner Weise fortgesetzt hätte.

Ähnlich war es gewesen, als er vor der Stadt mit einem Messer attackiert worden war. Der Angreifer hatte nie die Absicht gehabt, ihn zu verletzen. Ihm war nur wichtig gewesen, das Messer in seine Nähe bis unmittelbar vor dem Kontakt zu bringen. Seine Abwehrreaktion war also beleidigend und demütigend für ihn gewesen.

Doch das war noch nicht alles.

Icho Tolot glaubte heraushören zu können, daß er zudem die religiösen Gefühle der Echsenwesen verletzt hatte. Das Steinerne Grabmal hatte eine weit höhere Bedeutung, als er angenommen hatte. Gerade dabei verstand er besonders wenig, denn hier bekam die Sprache der Titanier eine Symbolik, die für ihn nicht zu durchschauen war.

Sicher war der Haluter daher nicht, daß seine Schlüsse aus den Gesprächen der Titanier richtig waren. Er hielt es ebenso für möglich, daß die Dinge ganz anders lagen und er das Gericht vollkommen falsch verstand. Am Ende begriff er auch nicht, welchen Beschluß sie gefaßt hatten. Wächter kamen, packten ihn und schleppten ihn in seine Zelle zurück.

Freiwillig legte er sich auf den Boden und ließ sich erneut anketten. Er verzichtete darauf, irgend etwas zu sagen, da nun klar war, daß seine Wärter ihn auf keinen Fall verstehen würden.

Er war auf eine Kultur gestoßen, in der buchstäblich jeder Schritt festgelegt war und in der die geringste Abweichung von dem festgetretenen Pfad bereits schwerwiegende Folgen hatte. Der Haluter erinnerte sich an Begegnungen mit anderen Kulturen. In vielen Fällen war höchste Sensibilität notwendig gewesen. Es war so leicht, einen Fehler zu machen, und es war so schwer, den Schaden danach wieder gutzumachen.

Er mußte an einen Fall denken, in dem ein Terraner einem Kind schützend und wohlmeinend die Hand auf die Schulter gelegt hatte, ohne zu ahnen, daß diese Geste für die Bewohner des betreffenden Planeten eine ganz andere Bedeutung gehabt hatte. Mit ihr hatte er das Böse auf das Kind herabbeschworen und seinen Eltern sowohl gefürchtete Krankheiten als auch den wirtschaftlichen Ruin gewünscht. Danach war es zu gefährlichen Auseinandersetzungen gekommen.

Auf einer anderen Welt war er Gast beim Essen gewesen und hatte die Speisen mit der linken Hand berührt – eine tödliche Beleidigung für den Gastgeber, der darauf mit wütenden Angriffen auf ihn reagiert hatte. Er schob diese Gedanken von sich. Sie brachten ihn nicht weiter. Ihm war jetzt wichtig, sich zu regenerieren und die Verletzungen so rasch wie möglich auszuheilen. Erst danach wollte er an Ausbruch denken.

War er verurteilt worden? Er wußte es nicht.

Gab es überhaupt so etwas wie ein Urteil vor diesem Gremium, das er für ein Gericht hielt? Auch das war völlig offen.

Wohin sollte er sich wenden, wenn es ihm gelang, aus

dem Kerker zu fliehen? Als erstes würde er die Stadt verlassen. Er hatte nichts von ihr gesehen, aber er zweifelte nicht daran, daß er mit der hier vorliegenden Technik nicht weiterkam.

Während Tolot auf dem Boden lag und sich entspannte, wanderten seine Gedanken zurück zu den Ereignissen am Grabmal.

Er erinnerte sich daran, daß er die seltsamen Muster auf und in der Steinkugel betrachtet hatte. Er sah die Gebilde und Formen wieder vor sich, die Uhrwerke, DNS-Ketten, pulsierende Sonnen oder Glücksspielgeräte symbolisierten. Sie hatten eine seltsame Wirkung auf ihn gehabt.

Aber ihr Anblick allein konnte doch niemals dafür verantwortlich sein, daß sein Planhirn versagt hatte!

Auf einem solchen Weg war er nicht zu beeinflussen.

Was war dann geschehen?

Er konnte nicht leugnen, daß er zeitweilig das Gefühl gehabt hatte, den Boden unter den Füßen zu verlieren, als habe sich die Gravitation des Planeten verflüchtigt. Er hatte seine Sinne weit geöffnet, um die Eindrücke in sich zu speichern.

War das bereits der entscheidende Fehler gewesen? Es konnte nicht sein.

Icho Tolot drehte sich etwas zur Seite. Sein Kopf stieß gegen eine auf dem Boden liegende Kette, und Schmerz durchzuckte ihn. Er meinte, einen feurigen Blitz zu sehen.

Im selben Augenblick begriff er.

Das Beiboot war explodiert, während er sein Planhirn allen Eindrücken gegenüber weit geöffnet hatte. Es waren nicht allein die Symbole auf dem Steinernen Grabmal gewesen, sondern auch der Sturm der elektromagnetischen Wellen, die radioaktive Strahlung, die bei der Explosion freigeworden waren, die sein Planhirn beeinflußt hatten. Ihre kombinierte Wirkung hatte das Planhirn lahmgelegt.

Er atmete auf.

Wenn die Dinge wirklich so lagen, dann konnte er hoffen, daß sich das Hirn regenerierte. Vielleicht verringerte sich der geistige Einfluß auch mit wachsendem Abstand von der steinernen Kugel.

Der Haluter verfolgte diesen Gedanken absichtlich nicht weiter, sondern konzentrierte sich ganz auf den Heilungsprozeß. Dabei glitt er irgendwann in einen Schlaf hinüber.

Als er erwachte, war es ruhig im Kerker. Kein anderes Wesen schien sich in seiner Nähe aufzuhalten. Es war dunkel, doch die Wände des Verlieses enthielten immer noch soviel Wärme, daß er ein wenig mit seinen infrarotempfindlichen Augen sehen konnte.

Tolot spannte die Arme an und stemmte sich mit langsam steigender Kraft gegen seine Fesseln. Dabei achtete er weniger auf die Ketten als auf den Blutandrang in seinem Kopf. Er spürte rasch, daß er bereits wieder soweit hergestellt war, daß er die Belastung wagen konnte.

Er verstärkte den Druck auf die Fesseln, und dann hörte er, wie es in den Ketten knirschte.

Eguordo blinzelte, als er den vor Feuchtigkeit schwitzenden Raum betrat, in dem an mehr als fünfzig runden Tafeln Männer allen Alters lagen, aßen und vor allem stark stimulierende Getränke genossen. In den meisten Gruppen wurde eifrig diskutiert; dabei gab es nur ein einziges Thema: der vierarmige Fremde, der in die Stadt eindringen wollte und sich dabei den Schädel an der Stadtmauer eingerannt hatte.

Der Sauerstoffmangel und die Wärme im Raum erschwerten das Atmen. Eguordo begann augenblicklich seine Federn abzuspreizen und seiner Haut Luft zuzufächeln. Obwohl er sich lange draußen in den Straßen der Stadt aufgehalten hatte, wo er dem Wind und dem kalten Regen ausgesetzt gewesen war, empfand er die Wärme nicht als angenehm.

Er entschied sich für eine Tafel, an der nur drei Männer lagen. Höflich näherte er sich, blieb respektvoll stehen, bis die Männer ihn bemerkten, und legte sich erst in eine freie Mulde an der Tafel, nachdem sie ihn dazu aufgefordert hatten.

»Weltraumwesen!« schnaubte einer der drei. Er war groß und übergewichtig. »So ein Unsinn! Wir alle wissen, daß ein Leben jenseits der Atmosphäre nicht denkbar ist.«

»Immerhin könnte es Welten geben, die der unseren ähnlich sind«, gab ein zweiter zu bedenken. Äußerlich war er genau das Gegenteil des ersten. Er war klein und zierlich, und er war so dünn, daß sich die Rippen unter seiner Haut abhoben.

»Ketzerei!« empörte sich der Dritte. Er hatte ein feuerrotes Gesicht und einen lippenlosen Mund. Mit bis zu Schlitzen verengten Augen blickte er die anderen an. »Allein der Gedanke an so dummes Zeug sollte schon strafbar sein.«

»Das ist richtig«, stimmte der Dicke zu. »Wir sollten nicht darüber nachdenken. Das ist nicht gut für die Hygiene der Gedanken.«

»Immerhin muß der Vierarmige ja von irgendwo gekommen sein«, stellte der Zierliche fest und löste damit einige Betroffenheit bei den anderen aus. Nachdenklich griffen sie nach ihren Trinkbechern und schütteten eine scharf riechende Flüssigkeit in sich hinein.

Eguordo bediente sich aus dem Pokal, der in der Mitte der Tafel stand, und schüttete etwas in seinen Becher. Er nippte nur an dem Getränk und hatte danach alle Mühe, das Gesicht nicht vor Abscheu zu verziehen.

»Jedenfalls hat man so ein Wesen noch nie gesehen«, sagte der Rotgesichtige. »Nur in den Legenden aus uralter Zeit werden Wesen erwähnt, die schwarz sind und sechs Gliedmaßen haben.«

»Wie wir alle«, warf der Dicke spöttisch ein. »Wir haben alle sechs Gliedmaßen.«

Danach schwiegen die Männer der Runde erneut.

»Aber wir haben vier Beine, das fremde Wesen hat vier Arme«, stellte der Zierliche nach geraumer Zeit fest, in der sie alle ein wenig gegessen und getrunken hatten. »Und wir haben nicht drei Augen.«

»Was spielt das für eine Rolle?« fragte der Rotgesichtige. »Hast du dich noch nie auf deine Hinterbeine gestellt?«

»Natürlich habe ich das.«

»Dabei sehen deine vorderen Beine wie Arme aus«, folgerte der Dicke. »Ich sage euch, dieser Fremde ist von unserer Welt. Es kann gar nicht anders sein. Im Süden – nahe dem Äquator – gibt es unendlich weite Wälder; niemand weiß, was sich darin alles verbirgt.«

»Du meinst, der Fremde stammt aus diesen Wäldern?« fragte der Rotgesichtige.

»Natürlich«, betonte der Übergewichtige. »Woher sonst? Eine andere Erklärung gibt es nicht – und ist auch nicht gestattet. Außerdem hat der Oberste Stifter verlauten lassen, daß der Fremde von dorther kommt.«

»Dann muß es stimmen«, sagte Eguordo.

»Aber der Weltraum...«, begann der Zierliche.

»Ist ohne Leben«, unterbrach ihn der Dicke. »Das steht schon im *Buch* und ich hoffe, du willst nicht bestreiten, was darin steht!«

»Natürlich nicht.«

Der Übergewichtige wandte sich an Eguordo.

»Du sagst wenig, Fremder. Was ist deine Meinung?«

»Ich bin erst vor wenigen Stunden in die Stadt zurückgekehrt. Ich habe nur von diesem Wesen gehört, das eingedrungen ist und die Ordnung stört. Es soll anders sein als alles, was man bisher gesehen hat.«

»Das ist richtig«, bestätigte der Dicke. »Und genau das ist das Verwerfliche daran. Das fremde Wesen stört unsere Ordnung. Es bringt unsere Gedanken durcheinander. Es paßt nicht zu unseren althergebrachten Vorstellungen, von denen wir genau wissen, daß sie allein richtig sind.«

»Wir wehren uns gegen das Neue«, stellte der Rotgesichtige zornig fest. »Die Strafe für solch ein Wesen, woher immer es auch kommen mag, kann gar nicht hoch genug sein. Wir haben seit Jahrhunderten unsere Ordnung, in der jeder genau weiß, was er zu tun und zu lassen hat. Wer sich gegen diese Ordnung vergeht, kann und darf nicht mit unserer Nachsicht rechnen.«

»Dieser Meinung bin ich ebenfalls«, behauptete Eguordo und tischte seinen Gesprächspartnern so eine ganz dicke Lüge auf. »Traditionen und überlieferte Ordnung haben sich schließlich bewährt, und niemand weiß, was die Zukunft bringt, wenn wir neuen Gedanken erlauben, unser Leben zu verändern.«

»Ich hätte es nicht schöner formulieren können«, lobte ihn der Zierliche.

»Wo ist der Fremde jetzt?« fragte Eguordo. »Ich habe gehört, daß er im Kerker sitzt.«

»Das Hohe Gericht hat ihn zu lebenslänglicher Arbeit im Bergwerk verurteilt«, antwortete der Rotgesichtige. Er lächelte befriedigt. »Morgen lassen sie ihn im Schacht nach unten. Er wird das Licht der Sonne niemals wiedersehen, sondern für den Rest seines Lebens in den Stollen des Bergwerks bleiben.«

Die Kette brach. Icho Tolot fing das frei werdende Ende auf und ließ es langsam auf den Boden sinken, damit es keinen unnötigen Lärm verursachte. Dann wandte er sich der nächsten Kette zu. Er stemmte sich gegen sie, spürte wie der Stahl nachgab, und verstärkte seinen Einsatz, bis er endgültig brach.

Damit war die schwerste Hürde genommen. Die anderen Ketten waren schnell zerrissen. Er streifte sie ab und richtete sich auf, soweit es ihm in der Enge des Verlieses möglich war. Er verharrte einige Sekunden lang auf der Stelle und versuchte, die Molekularstruktur seines Körpers zu verändern. Es gelang nicht.

Der Haluter stöhnte leise. Verzweiflung kam in ihm auf. Die Situation war neu für ihn. Über Jahrtausende hinweg hatte er die Fähigkeit gehabt, sich notfalls in einen Block hochdichten Materials zu verwandeln, eine Form anzunehmen, in der er buchstäblich unangreifbar war. Jetzt kam er sich trotz aller körperlichen Stärke schutzlos vor. Er war verletzbar. Schon ein aus dem Hinterhalt abgeschossener Pfeil konnte ihm eine Verletzung beibringen. Er fürchtete sich nicht vor einem Angriff, doch die Situation war neu für ihn, sie verunsicherte ihn, und sie zwang ihn zu einem strategischen Umdenken.

Nur die Kraft des Geistes zählt! sagte er sich. *Körperliche Kraft allein ist wertlos.*

Er hämmerte sich ein, daß er keinen Grund hatte zu verzagen. Er war den Titaniern geistig überlegen; allein aufgrund dieser Tatsache konnte er davon ausgehen, daß er es schaffen würde, sich gegen sie zu behaupten.

Du wirst die Kraft des Geistes zurückgewinnen! schwor er sich. *Und wenn es nötig ist, dazu zum Steinernen Grabmal zurückzukehren, dann wirst du dorthin gehen. Die Titanier werden es schon verkraften.*

Er ging zur Tür, legte seine vier Hände an ihre Kanten und drückte sie nach außen. Dem ersten Versuch widerstand sie, beim zweiten platzte sie krachend aus ihren Verankerungen und stürzte auf den Gang hinaus.

Icho Tolot stieg über die Tür und die auf dem Boden liegenden Trümmer hinweg und wollte dem Gang folgen, durch den er Stunden zuvor zur Verhandlung geführt worden war. Schimmernde Metallstücke, die auf dem Boden lagen, fielen ihm auf.

Er bückte sich und drehte die Tür um. Sie war mit seltsamen Symbolen geschmückt, mit Zeichnungen aus Metallfäden, die ihn an die Darstellungen auf dem Steinernen Grabmal erinnerten.

Er spürte ein eigenartiges Ziehen im Kopf, und trat spontan auf die Tür, um die Zeichnungen zu zerstören. Danach wandte er sich ab und ging einige Schritte in den Gang hinein.

Zu seiner Linken lag eine weitere Stahltür. Sie trug keinerlei Schmuck. Er blieb stehen und versuchte, sich an die Bilder zu erinnern, die er gesehen hatte. Waren es ähnliche Darstellungen wie auf dem Grabmal gewesen? Hatten sie eine Wirkung auf sein Planhirn erzielt?

Er fuhr sich mit zwei Händen langsam über den Kopf und lauschte in sich hinein. Er verspürte keine Veränderung. Der Zustand seines Planhirns hatte sich weder verbessert noch verschlechtert.

Nachdenklich kehrte Tolot zu der Tür zurück, ließ sich zu Boden sinken und überlegte, ob er wenigstens einen Teil der Darstellung wiederherstellen konnte. Doch es ging nicht. Sein Zerstörungswerk war so umfassend, daß er selbst mit Hilfe seines phantastischen Gedächtnisses nicht wieder zu dem ursprünglichen Bild kommen konnte – höchstens in stundenlanger Feinarbeit.

Doch er war nicht zurückgekehrt, um das gesamte Bild zu rekonstruieren. Ihm ging es um ein Detail – und er fand es. Dabei handelte es sich um einen winzigen Ausschnitt am unteren Rande des Türschmucks. In ihm haftete noch eine Art goldener Spindel mit sechs Ausläufern und einem runden Kopf, der sich ohne Halsverjüngung über der Spindel erhob. In diesem Kopf schimmerten drei winzige, rote Edelsteine. Sie hatten dieselbe Anordnung wie seine Augen. Icho Tolot löste das Gebilde vorsichtig ab und steckte es in die einzige, ihm verbliebene Tasche seines weitgehend verbrannten Schutzanzugs.

Hatte er eine Spur gefunden, die auf die Ursprünge des halutischen Volkes verwies? Hatte er einen winzigen Beweis dafür entdeckt, daß die Haluter eben doch nicht Nachkommen der *Bestien* waren, daß sie diese wohl zu ihren Vorfahren zählen mußten, daß sie aber nur ein Teil der Wahrheit waren? Hatten jene Quellen unrecht, die behaupteten, daß die *Bestien* durch eine genetische Manipulation der Okefenokees aus dem Volk der Skoars, einer degenerierten Kriegerrasse, hervorgegangen waren? Oder war auch dies nur ein Teil der Wahrheit?

Über seiner Entdeckung vergaß er beinahe seine eigene Notsituation. Dann untersuchte er die Reste des Türschmucks, fand jedoch nichts, was von Interesse für ihn war.

Warum hatten die Titanier seine Tür mit diesen Verzierungen versehen, während sie bei den anderen Türen darauf verzichtet hatten? Oder waren die Verzierungen von vornherein an der Tür gewesen, und er war nur zufällig in dieser Zelle gelandet?

Fragen über Fragen, auf die er keine Antwort fand. Er beschloß, sich nicht länger im Kerker aufzuhalten, sondern die Stadt so schnell wie möglich zu verlassen.

Von der HALUTA aus hatte er festgestellt, daß es auf den zwölf Kontinenten des Planeten verschiedene andere Städte gab. Mit Hilfe der optischen und syntronischen Geräte seines Raumschiffes hatte er sich nur einen Bruchteil von ihnen angesehen. Alle waren von hohen Mauern umgeben, und nirgendwo hatte er eine höher stehende Zivilisation entdeckt. Daher konnte es kein bestimmtes Ziel für ihn geben. Jede Stadt auf diesem Planeten bot ähnliche Bedingungen. Doch konnte er hoffen, in einer anderen Stadt einen besseren Beginn zu finden als in dieser.

Er eilte durch die Gänge der Anlage, folgte exakt dem Weg, den er zur Verhandlung gegangen war, und stieg schließlich über eine steile Treppe nach oben. Mit seinen infrarotempfindlichen Augen konnte er feststellen, daß die Wände des Kerkers wärmer wurden. Er schloß daraus, daß er sich den zu ebener Erde liegenden Räumen näherte.

Die Wärmespuren der Titanier auf dem Fußboden waren erstaunlich schwach. Es mußten bereits Stunden verstrichen sein, seit das letzte Echsenwesen über eine der

Treppen gegangen war. Immerhin waren die Spuren stark genug, um ihm den Weg zum Ausgang zu zeigen.

Als er eine Stahltür bemerkte, die den Gang verschloß, vernahm er die Stimmen von zwei Titaniern. Die eine war hell, während die andere dunkel und rauh war. Von nun an bemühte er sich, leise zu gehen. An der Tür blieb er stehen und horchte.

Die Wachen befanden sich unmittelbar hinter der Tür, und es schienen nur zwei zu sein. Er wartete einige Minuten; als er danach keine dritte Stimme vernahm, versuchte er die Tür zu öffnen. Sie war verriegelt, und ihm blieb nichts anderes übrig, als sie aufzubrechen.

Als er in einer Wolke von Staub und Schmutz mit der Tür in einen kleinen Wachraum fiel, stieß er auf zwei Wächter, die vor Überraschung wie gelähmt waren. Bevor sie auch nur an eine Abwehr denken konnten, hatte er sie überwältigt, ihre Kleidung zerrissen und sie mit Hilfe der daraus gewonnenen Streifen gefesselt.

Nun versperrte ihm nur noch eine einzige Tür den Weg zur Freiheit. Icho Tolot setzte bereits zu einem Sturmlauf auf die Tür an, als er entdeckte, daß sie lediglich mit einem einfachen Riegel gesichert war. An dem Riegel hingen farbige Bändchen.

»Tut mir leid«, sagte er zu den beiden Gefesselten, wobei er sich klar darüber war, daß sie ihn nicht verstanden. »Sicher haben die Bänder was zu bedeuten. Darauf kann ich leider keine Rücksicht nehmen. Also verletze ich wieder einmal eine eurer Bestimmungen. Es geht nicht anders.«

Er schob den Riegel zur Seite. Die Bändchen zerrissen, und die Tür schwang auf. Eiskalte Luft schlug ihm entgegen. Der Wind wirbelte Schneeflocken herein.

Icho Tolot trat in die Nacht hinaus, ohne die Tür hinter sich richtig zu verschließen. Er war sicher, daß die beiden Titanier sich bald befreien und die Tür dann schließen konnten. Ein wenig Abkühlung – so meinte er – konnte ihnen nicht schaden.

5.

Eguordo atmete auf, als er alle vorgeschriebenen Verse zitiert hatte und endlich auf der obersten Stufe des Tempels stand. Verstohlen blickte er zu einem kleinen Spalt in der Mauer neben ihm hinüber. Er meinte, im Dunkel zwei matt schimmernde Augen erkennen zu können, ließ sich jedoch nichts anmerken und ging weiter.

Er wußte schon lange, daß ein *Wächter der heiligen Regeln* hinter der Wand verborgen war und jeden beobachtete, der den Tempel betrat; er konnte sich auch denken, daß der geheime Beobachter die Kunst des Lippenlesens beherrschte und somit genau kontrollieren konnte, ob die Besucher die Verse tatsächlich sprachen oder nur so taten.

Er würde dem Kontrolleur ganz bestimmt keinen Vorwand geben, ihn abzuweisen. Doch in seinem Fall war es an diesem Tag ohnehin nicht zu befürchten, denn der Hohepriester der Stiftung brauchte ihn.

Sema saß hinter seinem Tisch und schrieb eifrig Symbole auf seine Tafel. Er blickte nur kurz auf, warf einen Blick auf seine Uhr und knurrte etwas, was so ähnlich klang wie: »Wird aber auch höchste Zeit, daß du kommst!«

Eguordo zeigte keine Reaktion. Er blieb vor dem Tisch stehen und wartete. Er wußte, daß es keinen Grund gab, sich über ihn zu beschweren, denn er war früher erschienen, als ihm befohlen worden war. Es war lange her, daß der oberste Stifter ihn gerufen und seine Dienste angefordert hatte, und er wußte nicht, warum es dieses Mal geschehen war.

Endlich legte Sema seinen Schreibstift zur Seite, hob den Kopf und blickte ihn durchdringend an. »Was weißt du?« fragte er.

»Ziemlich viel«, antwortete Eguordo respektlos. »Ich habe jedoch keine Ahnung, wovon du sprichst.«

»Ich meine den Unaussprechlichen.«

»Laß mich raten, wen du meinst. Den Meister, der kommen soll? Nein, nein! Ich nehme an, du sprichst von dem Fremden, der im Kerker sitzt und darauf wartet, im Bergwerk zu arbeiten.«

»Sprich mir nicht vom Meister! Das Monster ist verschwunden.«

Bisher hatte Eguordo sich keine Gedanken über seinen Auftrag gemacht. Nun aber horchte er auf.

»Wie kann es verschwunden sein?« fragte er. »Wenn ich richtig informiert bin, war der Unaussprechliche nicht nur im Kerker, sondern auch hinter dem großen Siegel eingesperrt.«

»Er hat es aufgebrochen und sich danach in Luft aufgelöst.«

Eguordo verzichtete auf weitere Fragen, da die Antwort des Alten ihm allzu unsinnig erschien. Er unterdrückte ein Lächeln und wartete ab. Sema machte einige Notizen, bis der zweite Träger erschien. Er grüßte kühl und voller Stolz.

»Es ist kalt«, sagte er danach. »Heute wäre ich lieber im Haus geblieben.«

Sema ging nicht auf diese Worte ein. Er erhob sich und horchte. Aus dem Tempel erklang ein feines Klingen. Ermahnend hob er eine Hand, dann winkte er den beiden Trägern und führte sie in das Innere des Gebäudes, wo in einem prunkvoll eingerichteten Raum eine Sänfte stand.

Sie war mit Tüchern verhüllt. Über ihrem Pagodendach erhob sich eine Art Spindel, über der drei rote Edelsteine thronten.

Wortlos gingen Eguordo und der andere Träger zur Sänfte, ergriffen die Haltestangen und hoben sie sich über die Schulter. Dann trugen sie die Sänfte zum Tempel hinaus. Sema ging neben ihnen her. Leise, aber in stetem Redefluß zitierte er eine Reihe von vorgeschriebenen Versen.

Sie trugen die Sänfte bis an die Mauern des Kerkers heran, der von einer Reihe von Wächtern abgesperrt wurde. Es hatte geschneit, und der Schnee bildete eine dünne Decke. Auf ihr zeichneten sich die Spuren des Entflohenen deutlich ab. Eguordo sah, daß sie etwa fünf Meter weit vom offenen Tor des Kerkers wegführten und dann plötzlich endeten. Jetzt begriff er, warum Sema behauptet hatte, der Gefangene habe sich in Luft aufgelöst.

»Beugt das Haupt!« befahl Sema.

Die Wächter, einige Neugierige, die trotz der Kälte aus ihren Häusern gekommen waren, der Alte und die beiden Wärter wandten der Sänfte den Rücken zu, damit der Hohenpriester der Stiftung hinaussehen konnte, ohne selbst erblickt zu werden. Niemand hatte ihn von Angesicht zu Angesicht gesehen, seit er vor mehr als fünfundzwanzig Jahren zum Hohenpriester berufen worden war.

Ein Gedanke ging Eguordo durch den Kopf, der ihm geradezu verrückt erschien. *Wenn der Fremde den Hohenpriester umgebracht und sich selbst in die Sänfte gesetzt hat, wird ihn niemand finden!*

Er war versucht, sich umzudrehen, um sich davon zu überzeugen, daß der oberste Stifter in der Sänfte saß. Er unterließ es, weil er wußte, daß es seinen sofortigen Tod zur Folge gehabt hätte.

Er vernahm ein Wispern, und Sema befahl, die Sänfte wieder aufzunehmen und in den Kerker bis zu der Zelle zu tragen, in welcher der Fremde eingesperrt gewesen war. Die Träger gehorchten. Eguordos Platz war hinten, so daß er den anderen Träger sehen konnte. Es überraschte ihn nicht, daß dieser sich in der Kälte kaum bewegen konnte. Er unterdrückte ein Lächeln, hob die Haltestangen auf die Schulter und trug den Hohenpriester in den Kerker. Durch enge Gänge und steile Treppen ging es in die Tiefe, bis sie die Trümmer des Siegels sehen konnten.

Der oberste Stifter hustete erregt in der Sänfte.

»Was sagst du dazu?« fragte Sema.

»Ein entsetzliches Verbrechen«, erwiderte Eguordo, »wenngleich ich feststellen muß, daß der Fremde sich kaum anders aus dem Verlies befreien konnte. Er mußte die Tür zerstören.«

»Das ist nicht das, was der Hohepriester hören will«, wies Sema ihn zurecht. Aus der Sänfte kam ein Flüstern. »Weiter«, forderte Sema Eguordo danach auf. »Welche Schlüsse ziehst du daraus?«

»Ich bin sicher, daß ich die Entscheidung des Stifters vorausnehme, wenn ich empfehle, einen Ausgleich mit dem Fremden zu suchen«, antwortete er. »Die Konfrontation bringt uns nicht weiter.«

Sema gab den Trägern ein Zeichen. Diese schleppten die Sänfte wieder nach oben und in den Tempel zurück, um sie dort abzusetzen. Wie üblich nach solchen Exkursionen blieben die beiden Träger neben der Sänfte stehen, wobei sie ihr den Rücken zuwandten.

»Der Fremde hat unsere Stadt und unsere Gefühle in

unerträglicher Weise beleidigt«, bemerkte Sema. Eguordo war sicher, daß er dabei die Ansicht des Stifters vertrat. »Wir können und dürfen das nicht hinnehmen, oder unser Staatsgebilde wird zusammenbrechen.«

»Ich sehe vielmehr eine Chance der Erneuerung«, widersprach Eguordo. Vorsichtig formulierte er: »Unser Staatsgebilde ist nahezu vollkommen, dennoch sollte das eine oder andere geändert werden, damit wir die absolute Vollkommenheit erreichen können.«

Das waren mutige Worte in einem Staat, in dem allein der Gedanke an Änderungen einem Sakrileg gleichkam. Dennoch waren sie den Trägern erlaubt. Sie waren die einzigen in der Stadt, denen es gestattet war, ihre Gedanken gegenüber dem Hohenpriester der Stiftung zu äußern. In dieser Hinsicht standen sie sogar noch über Sema.

»Eine populistische Formulierung«, erwiderte der Hohepriester durch den Mund Semas, nachdem er wohl lange Minuten über diese Worte nachgedacht hatte. »Sie mag dem Volk gegenüber angebracht sein, gegenüber dem obersten Stifter jedoch nicht.«

Eguordo erschrak. War er einen Schritt zu weit gegangen? Allzu leicht konnte ihn der Zorn des Stifters treffen. Wenn das der Fall war, dann würden sich die Stahltore des Kerkers bald hinter ihm schließen. Auf der anderen Seite war er aufgrund seines Amtes als Träger verpflichtet, ungewöhnliche Gedanken zu entwickeln und sie auch zu formulieren. Es war ein schwieriges Amt, das einer ständigen Gratwanderung glich.

»Ich bin dafür, den Fremden mit einem Bann zu belegen.«

»Bevor geklärt ist, woher er überhaupt kommt?« fragte Eguordo.

»Das ist nicht nötig«, sagte der vordere Träger. »Es ist für unsere Stadt nicht relevant.«

»Der Stifter wird später darüber nachdenken«, verkündete der Hohepriester durch den Mund des Tempelwächters Sema.

»Jetzt kommt es nur darauf an, daß er ein todeswürdiges Verbrechen begangen hat«, versetzte der vordere Träger. »Dafür hat er eine entsprechende Strafe verdient.«

»Richtig!« Wieder war ein Flüstern durch die Verhänge der Sänfte gekommen; Sema hatte konzentriert zugehört und gab nun weiter, was der Hohepriester gesagt hatte. »Es geht nur noch um die Strafe. Der Fremde unterliegt dem Bann. Jeder in der Stadt soll wissen, daß ihn eine hohe Belohnung erwartet, wenn er den Fremden tötet. Die höchste Belohnung, die ich vergeben kann.«

»Nein!« rief Eguordo spontan. »Der Fremde könnte uns helfen, viele unserer Probleme zu lösen.«

Dann hätte er sich am liebsten auf die Zunge gebissen. Für einen kurzen Moment hatte er vergessen, daß er dem obersten Stifter in dieser Phase seines Urteils nicht mehr widersprechen durfte.

»Wer den Fremden tötet, wird mit dem Privileg belohnt, nach seinem Tode unmittelbar neben dem Steinernen Grabmal bestattet zu werden«, fuhr Sema fort, als habe der Träger nichts gesagt. »Diese Belohnung bildet den höchsten Anreiz für jeden aus unserem Volk.«

Er blickte Eguordo zornig an.

»Und du wirst den Rest deines Lebens unten im Bergwerk verbringen«, fügte er hinzu. »Der Hohepriester erwartet, daß du dich augenblicklich dorthin begibst, damit die Beauftragten dich im Förderkorb nach unten bringen können.«

Eguordo drehte sich schweigend um und verließ den Raum. Er ging schnell, mit weit ausgreifenden Schritten. Der andere Träger folgte ihm, und als er sich kurz nach ihm umblickte, bemerkte er, daß er ein Messer in der Hand hielt. Er war entschlossen, ihn zu begleiten und ihn notfalls in den Förderkorb zu stoßen.

Als sie den Tempel verließen, schneite es erneut; ein eisig kalter Wind wehte von Norden her. Eguordo fröstelte. Er zog seinen Umhang enger um die Schultern und beschleunigte seine Schritte.

»Nicht so schnell«, protestierte der Träger hinter ihm.

Eguordo ging ein wenig schneller. Er hörte, wie der andere keuchte, und er lächelte bei dem Gedanken, wie sehr er sich anstrengen mußte, um bei ihm bleiben zu können. Schließlich blieb er stehen und drehte sich um.

»Warum verschwindest du nicht?« fragte er den Träger.

»Ich bleibe bei dir, bis du im Schacht verschwunden bist«, erwiderte der andere. Er atmete mit weit geöffnetem Mund.

Eguordo trat rasch auf ihn zu und nahm ihm das Messer aus der Hand. Dann stieß er ihm dicht unter dem Siegel die Faust gegen den Hals. Der Träger brach augenblicklich zusammen und blieb auf dem Boden liegen.

Eguordo blickte sich um. Außer ihnen hielt sich niemand auf der Straße auf. Die Fenster der Häuser waren mit Tüchern verhangen, um das Eindringen der Kälte zu verhindern. Möglicherweise hatte niemand beobachtet, was geschehen war. Dennoch durfte er nun keine Zeit verlieren. Er warf das Messer weg und eilte zum Stadttor. Von innen ließ es sich auch ohne die Hilfe des Wächters öffnen. Er trat hindurch und zog es hinter sich zu. Dann rannte er auf das offene Land hinaus.

Niemand versuchte, ihm zu folgen. Hin und wieder drehte er sich um und blickte zur Stadt zurück, bis sie hinter den Hügeln verschwand.

Er war sich noch nicht klar darüber, ob er seine Situation bedauern sollte. Auf der einen Seite hatte er viele Jahre gebraucht, um bis zum Träger aufzusteigen und somit bis in die unmittelbare Nähe des mächtigsten Mannes der Stadt zu kommen, wobei er täglich mit der Gefahr der Entdeckung gelebt hatte. Auf der anderen Seite wußte er, daß seine Mission nun zu Ende war. Es war weitaus vielversprechender, dem Fremden zu folgen und Kontakt mit ihm aufzunehmen, als in der Stadt zu bleiben und darauf zu warten, daß sich irgend etwas änderte.

Denn das hatte er in den vielen Jahren begriffen: In der Stadt änderte sich gar nichts.

Als er sich etwa zweihundert Meter von der Stadt entfernt hatte, ließ Icho Tolot sich auf den Boden sinken. Er brauchte Bewegung, um sich wohl zu fühlen. Ruhig stapfte er durch den Schnee, und dabei erschien es ihm nicht wichtig, daß er Spuren hinterließ.

Bei seinen Beobachtungen im Orbit hatte er eine Stadt ausgemacht, die etwa zweihundert Kilometer von der Stadt der Stifter entfernt war. Diese Stadt war nun sein Ziel. Sie lag auf einer weit ins Meer vorspringenden Halbinsel. Auch sie wurde von einer Mauer geschützt, die sich allerdings nur auf dem breiten Damm erhob, der die Stadt mit dem Festland verband.

Immer wieder horchte der Haluter in sich hinein. Dabei versuchte er, seine molekulare Struktur zu verändern. Er stellte keine Fortschritte fest. Nach wie vor war er nicht in der Lage, sich umzuwandeln. Sein Planhirn war weitgehend außer Funktion.

Er hätte die nächste Stadt in weniger als zwei Stunden erreichen können, wenn er gewollt hätte. Doch er wollte nicht mitten in der Nacht dort erscheinen. Deshalb ließ er sich nicht auf seine Laufarme herabfallen, sondern ging aufrecht und langsam: eine fast schwarze, mächtige Gestalt von dreieinhalb Metern Größe mit vier Armen und drei roten Augen, die einen Durchmesser von jeweils zwanzig Zentimetern hatten.

Der Haluter dachte über sich und seine Situation nach, er gestand sich ein, eine Reihe von Fehlern gemacht zu haben, weil er zu wenig Rücksicht auf die Titanier genommen hatte. Er war davon ausgegangen, was er für richtig hielt, und dabei hatte er nicht daran gedacht, was für sie wichtig war. So hatte er keine Hemmungen gehabt, das Steinerne Grabmal zu betreten, und allein damit hatte er sich die Titanier zu Feinden gemacht.

Nachdem er sich mehr als eine Stunde lang von der Stifterstadt entfernt hatte, hörte es auf zu schneien. Tolot hatte offenes, weites Land erreicht, in dem nur wenig Bäume wuchsen. Vereinzelt erhoben sich dünne Felsnadeln bis in eine Höhe von etwa hundert Metern. Einige von ihnen hatten Höhlungen, und in ihnen heulte der Wind wie in riesigen Orgelpfeifen.

Plötzlich entdeckte er eine Gruppe von Titaniern. Die Echsenwesen kamen hinter einer der Felsnadeln hervor, und obwohl der Himmel wolkenverhangen war, so daß das Sternenlicht nicht bis zum Boden vordringen konnte, sah er sie. Ihre Wärmestrahlung verriet sie.

Mit vereinten Kräften schoben sie eine Kanone vor sich her. Es war offensichtlich, daß sie ihn längst bemerkt hatten. Sie richteten die Kanone auf ihn, und dann krachte es auch schon. Icho Tolot sah es aufblitzen, und er ließ sich auf die Knie fallen. Im nächsten Moment flog das Geschoß aus der Kanone heulend an ihm vorbei, prallte fünfzig Meter hinter ihm gegen eine andere Felsnadel und explodierte. Er spürte die Druckwelle, und einige kleine Steine schlugen gegen seinen Rücken, verletzten ihn jedoch nicht.

Sein Glück war, daß er sich hatte fallen lassen. Hätte er es nicht getan, hätte ihn die Kugel wohl am Kopf getroffen.

Zornig brüllte er auf, schoß nach vorn und stürmte auf die Echsenwesen zu, die ihn wahrscheinlich allein deshalb angegriffen hatten, weil sein Äußeres sie erschreckt hatte. Mit einer Geschwindigkeit von beinahe 120 Stundenkilometern raste er auf sie zu, und bevor sie erkannt hatten, was geschah, war er bei ihnen. Sie waren vor Schreck wie erstarrt und konnten sich nicht wehren, als er einen nach dem andern packte, hoch über den Kopf hob und von sich schleuderte. In Sekundenschnelle war die Gruppe von fünf Titaniern überwältigt und unschädlich gemacht, ohne daß Tolot einen von ihnen ernsthaft verletzt hatte.

Er drehte sich langsam im Kreis, und mit Hilfe seiner infrarotempfindlichen Augen beobachtete er, daß die Titanier in alle Richtungen flüchteten. Ihm fiel auf, daß sie sich schwerfällig und relativ langsam bewegten. Er schloß daraus, daß sie sich bei ihrer unsanften Landung auf dem harten, teils mit kleinen Steinen übersäten Boden doch verletzt hatten.

Keiner versuchte einen zweiten Angriff.

Laut brüllend packte Icho Tolot die Kanone und

schmetterte sie wuchtig gegen die Felsen. Da sie danach in seinen Augen noch nicht genügend beschädigt war, nahm er sie ein zweites Mal und schlug sie erneut gegen die Felsen. Danach stellte er befriedigt fest, daß sie unbrauchbar war und ihn nicht erneut gefährden konnte.

Von nun an war er aufmerksamer, denn der Angriff hatte ihm allzu drastisch deutlich gemacht, daß er nicht nur in unmittelbarer Nähe der Stadt mit Gefahren rechnen mußte, sondern auch auf dem offenen Land. War es wirklich nur sein Äußeres gewesen, was die Titanier zum Angriff veranlaßt hatte? Oder hatten sie andere Gründe gehabt?

Er erkannte, daß er einen Fehler gemacht hatte, als er die flüchtenden Echsenwesen nicht verfolgt hatte. Als er sich nun auf die Verfolgung machte, war es zu spät. Er fand keinen einzigen Titanier mehr. Sie hatten sich alle durch Felsspalten in Höhlen zurückgezogen, so daß sie unerreichbar für ihn wurden.

»Was sagst du da?« stammelte Stackon, als seine Frau an sein Krankenlager trat. »Ich soll zum Obersten Stifter kommen?«

»Das hat der Bote ausgerichtet, Herr«, bestätigte sie.

»Aber ich fühle mich schwach. Ich glaube nicht, daß ich gehen kann.« Er erhob sich von seinem Lager, und dann hielt er sich die Hände an den Kopf, weil ihn schwindelte. Doch das Gefühl der Schwäche ging vorüber.

»Es ist eine große Ehre«, betonte sie. »Dich hat der Stifter noch nie zu sich gerufen.«

»Stimmt«, entgegnete er. »Wir haben immer nur von anderen gehört, daß ihnen diese Ehre zuteil geworden ist, wobei ich diese Gerüchte nie geglaubt habe. Bei Sersken zum Beispiel bin ich sicher, daß er gelogen hat, nur um zu unterstreichen, wie bedeutend er ist.«

Während er den Verband an seinem Hals sorgfältig prüfte, half sie ihm, sich anzuziehen und einen Umhang umzulegen.

»Ich begleite dich zum Tempel, wenn du gestattest, Herr«, sagte sie. »Vielleicht brauchst du jemanden, der dich stützt, wenn dir nicht gut ist.«

Er lächelte und streichelte ihr freundlich den Nacken.

»Du darfst mich begleiten«, versetzte er verständnisvoll. »Ich weiß, daß du darauf brennst, allen Frauen vor dem Tempel zu erzählen, daß ich zum Obersten Stifter gerufen worden bin.«

Sie gab es lächelnd zu, legte ihm einen wärmenden Schal um den Hals und verließ dann zusammen mit ihm das Haus. Der Schnee, der in der letzten Nacht gefallen war, hatte sich in Matsch verwandelt, und ein unangenehm kalter Wind fegte durch die Straßen der Stadt.

Stackon bewegte sich langsam und schwerfällig. Zu jedem Schritt mußte er sich zwingen. Doch die ungewöhnliche Aussicht, vom Stifter empfangen zu werden, trieb ihn voran.

»Ich freue mich schon auf das Gesicht von Sema«, sagte er, als sie den Tempel erreichten, und er verharrte, um die vorgeschriebenen Verse zu zitieren. »Jetzt muß ich nicht auf einen Termin warten, sondern kann den Stifter gleich sprechen. Allerdings wäre es besser gewesen, er hätte gestern für mich Zeit gehabt. Ich hätte vor dem Fremden warnen können.«

Seine Frau trat zurück, blieb jedoch in der Nähe, bis er hinter den Säulen und einer Tür des Tempels verschwunden war. Dann eilte sie zu einer Gruppe von Frauen, um ihnen zu erzählen, welch unerhörtes Glück ihrem Mann widerfahren war.

Stackon näherte sich währenddessen dem Tisch von Sema. Respektvoll blieb er stehen, als er drei Schritte davon entfernt war. Als sei er tief in Gedanken versunken, schrieb der Tempelwächter auf seiner Tafel. Er schrieb Symbole, wischte sie wieder aus, um sie dann erneut mit langsamen und sorgfältigen Bewegungen auf die Tafel zu malen.

Stackon räusperte sich, um auf sich aufmerksam zu machen. Sema tat, als höre er ihn nicht.

»Furcht beschleicht mich, denn ich könnte einen Fehler machen, wenn ich schweige«, sagte Stackon mit lauter Stimme. »Der Oberste Stifter hat nach mir gerufen, und es wäre unverzeihlich, wenn er unnötig auf mich warten müßte, nur weil du unaufmerksam bist.«

Der Kopf des Alten fuhr mit einem Ruck hoch. Mit haßerfüllten Augen blickte er den Besucher an.

»Wie hast du das erreicht?« fragte er ihn.

Stackon begriff. Die Einladung zum Hohenpriester war weitaus bedeutender, als er angenommen hatte. Der oberste Stifter wollte ihn allein sprechen. Sema sollte nicht dabei sein. Nun war der Alte eifersüchtig. Er ertrug es nicht, daß Stackon über seinen Kopf hinweg zum Stifter gerufen und er ausgeschlossen wurde.

»Steh endlich auf und bringe mich zum Hohenpriester«, forderte Stackon. »Oder soll ich ihm sagen, daß du dich geweigert hast, seinem Befehl zu folgen?«

Sema war anzusehen, daß er ohne weiteres bereit war, ihn zu töten. Allein die Angst vor dem Obersten Stifter hielt ihn davon ab.

»Komm«, befahl er ihm und führte ihn durch die Gänge

des Tempels bis in einen kleinen Raum, in dem nur zwei Kerzen brannten und ein schwaches Licht verbreiteten.

Hinter einem schwarzen Vorhang saß der Hohepriester. Zwei seiner unverhüllten Füße lugten unter dem Saum des Vorhangs hervor.

»Da bist du endlich«, grüßte der Oberste Stifter. »Wollte Sema dich daran hindern, zu mir zu kommen?«

»Ich...«, begann Stackon, brach dann jedoch ab, weil er nicht weiter wußte. Sollte er Sema belasten?

»Ich weiß schon Bescheid«, erwiderte der Hohepriester. Er räusperte sich; plötzlich betraten zwei bewaffnete Krieger den Raum. Sie stürzten sich auf den Alten und hielten ihn fest.

»Nein!« sträubte Sema sich. »Was tut ihr?«

»Mir ist zu Ohren gekommen, daß Stackon bereits gestern hier war, um vor dem Fremden zu warnen, der gewaltsam in unsere Stadt eindringen wollte, den wir gefangengenommen und eingesperrt haben, der aber mittlerweile wieder ausgebrochen und aus der Stadt geflüchtet ist.«

Stackon hielt unwillkürlich den Atem an. Er glaubte, sich verhört zu haben. War der Fremde tatsächlich aus dem Kerker geflüchtet? Das war noch niemandem zuvor gelungen!

»Wiederum hat der Fremde uns schwere Beleidigungen zugefügt, und es hätte nicht viel gefehlt, dann wären die Wachen des Kerkers erfroren«, fuhr das geheimnisvolle Wesen hinter dem Vorhang fort. »Das alles hätte nicht geschehen müssen, wenn Sema dich zu mir vorgelassen hätte, als Zeit genug war, mich zu warnen. Ist das richtig, Stackon?«

»Ja, das stimmt«, antwortete Stackon, noch bevor er recht erkannt hatte, was der Oberste Stifter anstrebte.

»Aus diesen Gründen verurteile ich Sema zum Tode«, kam es hinter dem Vorhang hervor. »Das Urteil ist sofort im Hof des Tempels zu vollstrecken. Hinaus mit ihm!«

Sema schrie entsetzt auf. Er warf sich auf den Boden und flehte um sein Leben, wobei er auf die vielen Dienste hinwies, die er dem Stifter im Laufe seines langen Lebens geleistet hatte. Es half ihm nichts. Die Wachen schleiften ihn hinaus.

Erschrocken wartete Stackon, daß der Hohepriester etwas sagen würde, doch vergeblich. Etwa drei Minuten verstrichen, dann kehrte einer der Männer zurück und meldete, daß das Urteil vollstreckt worden sei. Danach zog er sich sofort wieder zurück.

»Jetzt zu dir«, sagte der Oberste Stifter, ohne den Vorhang zu öffnen. »In der Nacht ist viel geschehen, doch mittlerweile habe ich in Erfahrung gebracht, wer der Fremde ist.«

»Wirst du es mir sagen?« fragte Stackon, als der Stifter nicht fortfuhr.

»Du sollst es wissen. Der Fremde ist ein Geschöpf derer, die anderen Blutes sind. Er ist ein Monster, das sie direkt aus der Hölle geholt haben, um die Welt der Ordnung in den Abgrund zu stürzen.«

Stackon zweifelte keine Sekunde lang daran, daß diese Worte der Wahrheit entsprachen. Der oberste Stifter war für ihn ein gottgleiches Wesen, das über weit mehr Wissen verfügte als andere. Wenn er von einem Geschöpf sprach, das aus der Hölle kam, dann mußte das der Wahrheit entsprechen. Stackon glaubte es, auch wenn er sich nicht vorzustellen vermochte, wie überhaupt ein Wesen aus der Hölle entkommen und in ihre Welt der Ordnung eindringen konnte.

Der Vorhang teilte sich, und ein grünes Gebilde flog heraus und fiel auf den Fußboden. Es sah aus wie eine grüne mit metallischen Dingen besetzte Haut.

»Das ist der Beweis«, sagte der Hohepriester. »Es ist das Körperkleid eines Wesens mit sechs Gliedmaßen, das Kleid des fremden Wesens. Ein unterer Stifter hat es aus dem Höllenstuhl entnommen, mit dem das Wesen zu uns hergefahren ist.«

Stackon wunderte sich ein wenig, daß der Oberste Stifter von sechs Gliedmaßen sprach. Es gab keine anderen Intelligenzwesen als solche mit sechs Gliedmaßen. Jedenfalls hatte er nie davon gehört. Selbst in den ältesten Legenden war niemals die Rede von solchen Wesen.

»Was kann ich für dich tun?« fragte Stackon.

»Du wirst das Höllenwesen töten«, antwortete der Oberste Stifter. »Ich gebe dir Soldaten und eine der magischen Waffen. Du bist ihr Befehlshaber. Ruf sie zusammen und zieh noch heute mit ihnen aus. Dein Lohn wird reich sein. Solange du lebst, werde ich für dich sorgen, und nach deinem Tod wirst du im Schatten des Steinernen Grabmals begraben werden, eine Ehre, die nur sehr wenigen zuteil wird.«

Stackon verschlug es die Sprache. Mit einer derart reichen Belohnung hatte er nicht gerechnet.

»Ich werde das Höllenwesen töten«, versprach er. »Ich werde mir zunächst hundert Soldaten aussuchen. Das sollte reichen. Wie aber muß ich die magische Waffe bedienen? Ich habe noch nie eine gesehen, geschweige denn in der Hand gehabt und benutzt.«

»Der Waffenmeister wird es dir zeigen«, kam es hinter dem Vorhang hervor. »Du brauchst dir keine Sorgen zu machen. Es ist ganz einfach, die mächtigste Waffe zu bedienen, die es jemals gegeben hat.«

6.

Eguordo stieß einen Freudenschrei aus, als es ihm endlich gelang, die Spur des Fremden zu finden. Es hatte aufgehört zu schneien, und das war gut so für ihn, denn sonst wäre die Spur bald verschwunden gewesen.

Er entzündete eine Fackel und rannte los. Schon nach wenigen Minuten merkte er, daß er aufholte, denn die Spuren wurden deutlicher, und als er etwa eine halbe Stunde gelaufen war, zeichneten sie sich klar auf dem Boden ab.

Plötzlich krachte es, und über den Hügeln blitzte es auf. Der Titanier begriff sofort, was das zu bedeuten hatte, und abermals schrie er auf, dieses Mal aus Angst und aus Sorge um den Gesuchten. Dann stürmte er ungeduldig voran, überwand eine kleine Anhöhe und sah den großen Fremden, der gerade dabei war, die Kanone zu zertrümmern. Auch bemerkte er einige Krieger, die fluchtartig in Bodenspalten verschwanden.

Er erkannte, daß er vorsichtig sein mußte. Keinesfalls durfte er sofort versuchen, Kontakt mit dem anderen aufzunehmen, weil dieser ihn unweigerlich mit jenen verwechseln würde, die ihn angegriffen hatten.

Hinter einem Felsen verborgen wartete er. Dabei blieb er in der Deckung. Er konnte gut sehen in der Dunkelheit, und eine innere Stimme sagte ihm, daß er vorsichtig sein mußte und sich nicht blicken lassen durfte. So wartete er ab, bis der andere die Suche nach seinen Gegnern aufgab und weiterging. Erst jetzt erhob er sich und folgte ihm.

Dabei bemühte er sich nicht, leise zu sein, denn er wollte gehört werden.

Als er etwa eine Viertelstunde darauf eine Schneise erreichte, vernahm er plötzlich einen dumpfen Laut. Er blieb stehen. Das Herz pochte plötzlich wie rasend in seiner Brust, die ihm enger und enger wurde, so daß er kaum noch atmen konnte.

Jetzt mußte sich alles entscheiden!

Immer wieder hatte er in den letzten Stunden und Minuten überlegt, wie er sich verhalten sollte, wenn es zu der angestrebten Begegnung kam. Nun stand er dem fremden Wesen gegenüber, und alles war vergessen, was er sich vorgenommen hatte.

Er hatte beobachtet, was geschehen war. Er wußte, wie stark der Riese war, und er fürchtete sich. Am liebsten hätte er sich herumgeworfen und hätte das Weite gesucht, um einen möglichst großen Abstand zwischen sich und den dunkelhäutigen Koloß zu bringen. Damit wäre alles zu Ende gewesen.

Er nahm seinen ganzen Mut zusammen, und obwohl ihm die Beine kaum gehorchen wollten, trat er noch einen Schritt vor.

»Ich weiß, daß du da bist«, sagte er mit leicht bebender Stimme. »Ich bin dir gefolgt, weil ich mit dir reden möchte. Mein Name ist Eguordo, und ich bin ein Freund.«

Einige Sekunden verstrichen. Er hörte den anderen atmen, und es lief ihm kalt über den Rücken. Sein Herz krampfte sich zusammen und ein ebenso seltsames wie unangenehmes Gefühl der Leere stellte sich in seiner Magengegend ein.

Hatte er einen Fehler gemacht? War der Verfolgte nicht so intelligent, wie er annahm, und erfaßte er nicht, um was es ihm ging? War er nur eine Kampfmaschine, die zu primitiv war, um denken zu können?

»Sprich weiter«, forderte ihn der andere mit abgrundtief klingender Stimme auf. »Sprich immer weiter. Ich will deine Stimme hören. Je mehr, desto besser.«

Eguordo wußte nicht, weshalb er reden sollte, doch er tat es. Er war unendlich erleichtert, daß der andere ihn nicht angriff, sondern sich als verständigungsbereit erwies. Zunächst jedoch fiel es ihm schwer, etwas zu sagen. Ihm wollte nichts einfallen, und so kamen die ersten Worte nur stockend und langsam über seine Lippen. Je länger er sprach, desto ruhiger wurde er, und um so mehr entspannte er sich. Schließlich sprudelten die Worte nur so aus ihm heraus, und wenn er verstummte, forderte ihn der Fremde sogleich auf, weiterzureden.

»Ich lerne«, erklärte er ihm, nachdem etwa eine Stunde verstrichen war und Eguordo nicht mehr wußte, was er noch sagen sollte. »Ich nehme jedes Wort von dir auf. Ich bin ein Haluter, mein Name ist Icho Tolot, und ich weiß, daß du nicht in feindlicher Absicht gekommen bist. Folge mir.«

Es schneite wieder, und dieses Mal fielen die Schneeflocken so dicht, daß die Sicht nur wenige Meter weit reichte. Der Haluter hatte jedoch offensichtlich keine Mühe, sich zu orientieren. Sie erreichten plötzlich eine Höhle, in der es warm und trocken war. Icho Tolot raffte etwas Holz zusammen, eine Flamme blitzte in seiner Hand auf, und erstaunlich rasch begann das Holz zu brennen. Eguordo trat näher an das Feuer heran, um sich zu wärmen.

»Ich hatte Streit mit dem Obersten Stifter«, berichtete der Titanier. »Er will dich töten lassen, aber ich habe ihm gesagt, daß du leben sollst, weil wir viel von dir lernen können. Dafür sollte ich mit Arbeit im Bergwerk bestraft werden.«

»Danach bist du geflüchtet«, stellte Icho Tolot fest. Er setzte sich auf den felsigen Boden und lehnte sich mit dem Rücken an die Wand der Höhle. Mittlerweile hatte er wohl genügend Sprachinformationen erhalten, um sich gut verständigen zu können.

»Richtig«, bestätigte der Titanier. »Ich möchte dir helfen.«

»Weil du dir einen Vorteil davon versprichst.«

»Das trifft zu.«

»Ich habe nichts dagegen.«

»Wer bist du?«

»Ich komme von einem fernen Planeten«, erwiderte der Haluter. »Die Maschine, mit der ich gelandet bin, wurde von einem Mann deines Volkes zerstört. Aber ich habe eine andere, viel größere. Sie kreist um den Planeten. Du weißt, was ich damit meine?«

Eguordo wußte es. Er erklärte Icho Tolot, daß nur sehr wenige Titanier – er nannte sie Obyeter – an die Existenz anderer Planeten glaubten, daß er jedoch zu jenen gehörte, die sich sogar vorstellen konnten, daß man eines Tages diese Welt verlassen könnte, um zu anderen Sternen zu reisen.

Um ihn von seinem Wissen zu überzeugen, zeigte Icho Tolot ihm einige kleine Dinge, die er gerettet hatte. Dazu gehörte ein Feuerzeug, der Translator, ein Chronometer und einige andere, kleine Dinge. Für Eguordo stellten sie wahre Wunder dar. Er stellte Fragen, immer wieder neue Fragen, die Icho Tolot geduldig beantwortete.

»Die Gelehrten streiten sich bei uns, ob es andere

Planeten gibt«, sagte Eguordo. »Niemand kann sich wirklich vorstellen, daß es auch andere Wesen auf anderen Welten gibt. Nicht einmal ich kann das, obwohl ich hier mit dir sitze.«

»Ich habe Fehler gemacht«, versetzte der Haluter, »aber ich weiß nicht, welche das sind.«

»Du hast das Steinerne Grabmal betreten«, erwiderte der Titanier. »Damit hast du viele von uns tödlich beleidigt. Nicht mich, obwohl das Grabmal auch für mich ein heiliger Ort ist. Ich bin aber der Ansicht, daß jeder das Recht hat, dorthin zu gehen.«

»Wieso ist es ein heiliger Ort?« fragte Icho Tolot. Das Grabmal interessierte ihn mehr als alles andere auf dieser Welt, denn dort gab es Hinweise, die möglicherweise belegen konnten, daß die Vorfahren der Haluter vor vielen Jahrzehntausenden von dieser Welt gekommen waren.

»Im *Buch*, das uns allen heilig ist, steht geschrieben, daß Gott unsere Welt geschaffen hat«, antwortete der Titanier. »Es war eine schwere Arbeit, die große Anstrengungen verlangte. Um zu sehen, wie die Welt werden sollte, schuf er zunächst einen kugelförmigen Stein und versah ihn mit Bildern, die alles zeigen, was das Leben ausmacht, und er schuf Höhlungen, damit seine Geschöpfe darin Andacht halten können. Nach dem Vorbild dieses Steins entstand die Welt.«

»Ich verstehe«, sagte der Haluter. Auf vielen Welten gab es ähnliche Erzählungen, die von den Gläubigen ernst genommen wurden, und er respektierte sie.

»Als Gott sein Werk beendet hatte, stieg er auf zum Himmelsgewölbe, vergaß aber, die Kugel abzulegen. Erst als er schon in großer Höhe war, ließ er sie aus seinen Händen gleiten«, fuhr Eguordo fort. »Sie fiel herab, schlug mit großer Wucht auf und grub sich bis fast zu ihrer Hälfte in den Boden ein.«

»Eine schöne Geschichte.« Icho Tolot meinte das auch so, obwohl er nicht an den Inhalt und die Aussage der Erzählung glaubte.

Es mußte eine mittlerweile versunkene Kultur gewesen sein, die den Stein geschaffen hatte. Vor deutlich mehr als 50 000 Jahren mußte eine Zivilisation auf diesem Planeten bestanden haben, die mittlerweile untergegangen war. Sie waren für die Darstellungen auf dem Stein verantwortlich. Da Icho Tolot Rücksicht auf die religiösen Gefühle des Titaniers nehmen wollte, sagte er nicht, was er über ihre Religion dachte.

»Heute gilt es als höchste Ehre, innerhalb der Steinernen Kugel bestattet zu werden«, sagte Eguordo. »Diese Ehre kann nur den bedeutendsten Persönlichkeiten zuteil werden. Den meisten von uns würde es genügen, wenn sie in der Nähe der Kugel begraben würden. Schon das gilt als außergewöhnliche Auszeichnung, die fast allen mehr wert ist als Geld und Gut.«

»Und ich bin ausgerechnet dort gelandet«, stellte der Haluter fest.

»Nicht nur das. Du bist im Regenmonat Gonas dorthin gegangen, was nur den Stiftern und ihren Gehilfen erlaubt ist. Du hast die Rituale nicht beachtet. Der Wind hat geheult in den Felsen, und die Stifter behaupten, daß sie gegen deine Anwesenheit protestiert haben. Du hast die Kugel betreten. Du hast gekämpft. Schließlich bist du zur Stadt Erz gelaufen, doch du hast die Lichtsignale nicht beachtet. Dort hast du erneut auf unehrenhafte Weise gekämpft, du hast Fehler über Fehler begangen und mit jedem dieser Fehler hast du uns beleidigt.«

»Dich auch?«

Eguordo hob abwehrend den Kopf. »Ich bin anderen Blutes«, erwiderte er. »Das wirst du noch begreifen. Du kannst mich nicht mit denen vergleichen.«

»Es tut mir leid«, sagte Icho Tolot. »Ich wollte niemanden beleidigen. Ich bin aufgetreten wie der Elefant im Porzellanladen.«

Mit diesem Begriff wußte Eguordo nichts anzufangen. Der Haluter versuchte, ihm zu erklären, worum es ging, und schließlich stieß der Titanier ein meckerndes Lachen aus.

»Und nicht nur beim Grabmal, sondern auch als Gefangener in der Stadt! Dies ist eine komplizierte Welt, in der alles durch Regeln, Bestimmungen und Gesetze geregelt ist. Für einen Außenstehenden ist es fast unmöglich, keine Fehler zu machen. Ich selbst habe mehr als ein Jahr lernen müssen, welche Regeln in der Stadt Erz gelten, bevor ich dorthin gehen konnte. Ich habe es weit gebracht, doch am Ende habe ich es an dem nötigen Respekt fehlen lassen; deshalb mußte ich fliehen.«

Icho Tolot begriff. Eguordo war eine Art Agent, der aus einem anderen Teil des Planeten stammte und in geheimer Mission in die Stadt Erz geschickt worden war. Er unterschied sich in der Tat von den anderen Echsenwesen, die er beobachtet hatte. Er war beweglicher und lebhafter, und das bezog sich nicht nur auf seinen Körper, sondern vor allem auf seinen Geist. Er konnte ein wichtiger Verbündeter für ihn werden.

Der Titanier blickte Icho Tolot prüfend an. »Erlaubst du?« fragte er und streckte die Hand aus.

»Nur zu«, ermunterte der dunkelhäutige Koloß ihn.

Eguordo ließ seine Hand sanft und sehr vorsichtig über

seinen Kopf gleiten. Verwundert stellte er fest, daß die Wunden nahezu vollständig verheilt waren.

»Wie ist das möglich?« fragte er.

»Das erkläre ich dir später!«

»Ich möchte noch etwas wissen. Warum bist du mit dem Kopf voran gegen die Mauer gerannt? Was hast du dir davon versprochen? Oder wolltest du deinem Leben ein Ende setzen? Das wird bei uns auch als schwerer Frevel empfunden.«

Auf diese Frage hatte Icho Tolot gewartet, und er hatte sie gefürchtet, denn er wußte nicht, wie er sie beantworten sollte. Hätte er Eguordo sagen sollen, daß er – normalerweise – seine Molekularstruktur verändern konnte? Daß er Mauern durchbrechen konnte, ohne dabei die leiseste Schramme davonzutragen? Daß er seine besondere Fähigkeit verloren hatte, ohne sagen zu können, warum?

»Später wirst du es verstehen«, versprach er. »Du mußt ein wenig Geduld haben.«

»Wir haben nicht soviel Zeit, wie du glaubst«, sagte Eguordo, der seinen Planeten Ohark und sich selbst einen Ahamma nannte. »Du hast eigentlich alles getan, was du tun konntest, um dir Feinde zu schaffen.«

»Mit deiner Ausnahme?«

»Ich bin nicht dein Feind. Ich denke anders als sie, und ich empfinde anders. Ich weiß, daß es falsch wäre, einen Feind in dir zu sehen, nur weil du unsere Sitten und Gebräuche nicht kennst«, sagte der Titanier. Seine Augen funkelten, und so etwas wie ein Lächeln glitt über seine Lippen. Er sprang auf und eilte einige Schritte in der Höhle hin und her. Er hatte einen kräftigen Körper, der an den Flanken von zahlreichen Narben verunstaltet wurde, offenbar die Spuren heftiger Kämpfe.

»Was ist los?« fragte Icho Tolot.

»Der Oberste Stifter hat den Bann über dich gesprochen«, erläuterte Eguordo. »Damit hat er dich zum Tode verurteilt. Ich bin sicher, daß er jemanden damit beauftragen wird, dich zu verfolgen und zu töten, und er wird diesem eine große Zahl von Soldaten mitgeben.«

»Ich fürchte mich nicht vor euren Waffen.«

»Das solltest du aber«, warnte der Titanier. »Bisher hast du nur primitive Waffen kennengelernt, aber wir haben auch andere. Sie stammen aus der unvorstellbar alten Zeit, als Ohark noch von den Schwarzen Riesen beherrscht wurde.«

Icho Tolot horchte auf.

»Wer sind die Schwarzen Riesen?« fragte er.

»Ich weiß so gut wie nichts über sie«, bedauerte Eguordo. Er ließ die Kopffedern so weit nach vorn sinken, daß sie seine Augen überdeckten. »Es tut mir leid. Vor langer, sehr langer Zeit muß es ein Volk von Riesen auf dieser Welt gegeben haben. Es muß sehr mächtig gewesen sein.«

»Riesen mit drei Augen – so wie ich?«

»Vieles deutet darauf hin.«

Icho Tolot war wie elektrisiert. Vergessen war, daß er durch den weitgehenden Ausfall seines Planhirns stark beeinträchtigt war und daß sich vor allem seine Kampfkraft dadurch stark verringert hatte.

»Was zum Beispiel?«

»Die seltsamen Waffen, die gefunden worden sind und die niemand von uns gebaut haben kann. Viele nennen sie Werkzeuge des Teufels, aber für mich sind sie das nicht. Ich glaube, daß sie von den Schwarzen Riesen stammen.«

»Weißt du, wo man sie gefunden hat?«

»Das weiß niemand außer den Hohenpriestern der Stifter. Sie sind die höchsten und mächtigsten Persönlichkeiten der großen Städte. Sie wahren das Geheimnis, damit sie ihre Macht mit niemandem teilen müssen. Doch lange werden sie das nicht mehr können.«

»Wieso nicht?«

»Eine neue Zeit zieht herauf.«

Eguordo ließ sich ihm gegenüber auf den Boden sinken, blickte ihn mit funkelnden Augen an und verschränkte die Arme vor der Brust. Icho Tolot machte einen Fehler: Er bezog die letzte Bemerkung auf sich. Allein die Tatsache, daß er den Planeten betreten hatte, brachte die Mächtigen dieser Welt in einen Erklärungszwang. In ihrer in Regeln und Bestimmungen erstarrten Welt war für ein Wesen wie ihn kein Platz. Doch er war da, und nun mußten die Hohenpriester dem Volk auseinandersetzen, woher er kam, was er war und wie er nach ihren bisherigen Aussagen einzuordnen war, nach denen es ein Leben auf anderen Planeten nicht gab. Damit brachte er einige von ihnen, wenn sogar nicht alle in Verlegenheit.

Grund genug, einen Feind in ihm zu sehen.

Stackon folgte einem der Krieger in die tief unter dem Tempel liegenden Katakomben. Von ihnen hatte er bisher nur gerüchteweise gehört. Jetzt sah er, daß es sie wirklich gab. Sie waren mit gelben, glatten Steinen ausgekleidet und ihre Decke leuchtete von innen heraus.

Nach einiger Zeit blieb er stehen und hob die Hände gegen die Decke, um sie zu berühren.

»Wieso ist die Decke so hell?« fragte er.

»Das ist sie schon immer gewesen«, antwortete der Soldat mürrisch und abweisend. Seiner Stimme war anzuhören, daß er keine Lust hatte, Fragen zu beantworten.

»Mein Vater hat schon davon erzählt, und er ist seit zwanzig Jahren tot.«

Stackon war mit der Antwort nicht zufrieden, doch er fühlte, daß er keine weiteren Informationen erhalten würde. Zudem hielt er es für gefährlich, zuviel zu fragen. Neugier im Tempel war gefährlich. Das hatte er von Kind an gelernt.

Der Krieger öffnete eine Stahltür. Stackon sah sich einem alten, gebrechlichen Mann gegenüber, der einen einfachen Lederkittel trug. Es war der Waffenmeister, der so abgemagert war, daß man meinte, jeden seiner Knochen sehen zu können. Der Krieger ließ Stackon eintreten und schloß die Tür. Er selbst blieb auf dem Gang vor der Kammer.

»Der Stifter hat mir gesagt, daß du kommst«, sagte der Waffenmeister. Er sah Stackon nicht an. Seine Augen wirkten stumpf und grau, als ob er blind sei. In der Kammer war es hell, denn auch hier leuchtete die Decke aus sich heraus. Das Licht wurde lediglich dadurch eingetrübt, daß Tausende von Punkten an der Decke klebten. Es war der Dreck von Insekten, die sich hier unten eingenistet hatten.

Stackon wunderte sich. Sollte der Stifter hier unten gewesen sein? *Wie sonst hätte er es ihm sagen können?* schalt er sich. *Er muß hinter seinem Vorhang hervorgekommen und hierher gegangen sein.*

»Dann weißt du, was ich von dir will?« fragte er.

Der Alte nickte, und dann streckte er die Hände aus und ließ sie über die Türen der vielen Kästen gleiten, die an den Wänden der Kammer aufgetürmt worden waren. Schließlich öffnete er eine von ihnen und holte etwas aus einem Fach hervor, das in öliges Papier eingewickelt war.

Als er das Papier öffnete, kam ein Gegenstand hervor, der einem Hammer sehr ähnlich war. Er reichte ihn Stackon und wies ihn an, das Ding beim »Hammer« zu packen.

Danach öffnete er eine Tür und führte den Stiftergehilfen in einen langgestreckten Nebenraum. Etwa zwanzig Meter von der Tür entfernt erhob sich eine gemauerte Wand, auf die mit schwarzer Farbe die Umrisse des schwarzen Riesen gezeichnet worden waren.

»Richte die Waffe auf das Höllenwesen!« befahl der Waffenmeister und wies ihn auf die Zielvorrichtung auf der Waffe hin.

Stackon kniff ein Auge zu.

»Und jetzt den Knopf drücken!«

Stackon löste die Waffe aus. Lautlos zuckte ein blauer Blitz hervor und raste zu der Wand hinüber. Es krachte so laut, daß der Stiftergehilfe die Waffe erschrocken fallen ließ. In einer Staubwolke verschwand die Wand nahezu vollständig. Von den Umrissen des Riesen war danach nichts mehr zu sehen.

»Geh sorgfältig damit um«, riet ihm der Alte, der sich bückte und die Waffe aufnahm. »Ich will sie von dir zurück haben. Du kannst ungefähr zwanzigmal damit schießen. Danach solltest du das Höllenwesen vernichtet haben. Es hat keine Möglichkeit, sich gegen diese Waffe zu wehren. Vermutlich kennt es die Waffe. Paß also auf, daß es sie dir nicht wegnimmt.«

»Darauf kannst du dich verlassen«, beteuerte Stackon, der so erschrocken war, daß er kaum sprechen konnte. Er spürte, wie ihm die Knie zitterten.

»Es wäre dein Tod«, drohte der Waffenmeister. »Wenn das Höllenwesen dich nicht umbringt, dann wird es der Oberste Stifter tun.«

»Ich liefere dir die Waffe wieder ab«, versprach Stackon, »und es wird nicht der geringste Kratzer daran sein.«

»Das kann ich dir nur raten. Aber jetzt beeile dich. Der Oberste Stifter ist ungeduldig. Er möchte, daß du das Höllenwesen so schnell wie möglich tötest!«

Stackon schob die Waffe unter seinen Gürtel.

»Was ist das für ein Ding?« fragte er, während der Alte die Tür wieder verschloß. »Wer hat es gebaut?«

»Wer zu viele Fragen stellt und wer zu neugierig ist, der lebt nicht lange«, antwortete der Waffenmeister und schob ihn auf den Gang hinaus, wo der Krieger auf ihn wartete.

»Ich bin bald zurück«, verabschiedete sich Stackon. »Und dann wird der andere wieder dort sein, woher er gekommen ist – in der Hölle!«

Als Stackon sich einige Schritte entfernt hatte, rief der Waffenmeister ihn zurück.

»Vergiß nicht, Eguordo zu erledigen«, sagte er. »Der Oberste Stifter hat auch ihn zum Tode verurteilt.«

7.

Icho Tolot verließ die Höhle und blickte in den Himmel hinauf. Stunden waren vergangen, seit er Eguordo getroffen und dessen Vertrauen gewonnen hatte. Mittlerweile hatte es aufgehört zu schneien, die Wolken waren abgezogen, und der Himmel war sternenklar.

»Eguordo!« rief der Haluter plötzlich. »Komm! Schnell!«

Der Titanier stürzte aus der Höhle. Er glaubte, daß sie angegriffen wurden. In der Hand hielt er einen Dolch.

»Was ist los?« fragte er verblüfft, als er keinen Feind entdeckte.

Icho Tolot deutete zum Sternenhimmel hinauf.

»Sieh genau hin«, forderte er ihn auf.

Eguordo hob den Kopf und betrachtete die Sterne. Plötzlich stieß er einen Schrei aus und zeigte zu den funkelnden Sternen hinauf.

»Da ist ein Licht, das ich noch nie gesehen habe!« rief er erregt. »Es bewegt sich. Sieh doch! Es gleitet sehr schnell über den Himmel.«

Icho Tolot antwortete nicht. Ein leises Lachen kam über seine dunklen Lippen. Eguordo überlegte eine Weile, dann griff er spontan nach dem Arm des Haluters.

»Es ist dein Raumschiff«, erkannte er.

»Richtig«, bestätigte der Haluter. »Es ist mein Raumschiff. Es bewegt sich wie ein Stern um diesen Planeten und ist so weit von uns entfernt, daß ich es nicht erreichen kann.«

»Du kannst ihm nicht befehlen, zu dir zu kommen?« Der Titanier schien in dem Raumschiff so etwas wie ein lebendes Wesen zu sehen, vergleichbar einem Sklaven.

»Ich könnte es, wenn ich das Werkzeug dazu hätte«, erwiderte der Haluter. »Doch das kleine Schiff, mit dem ich gelandet bin, ist verbrannt. Mit ihm ist alles vernichtet worden, was ich benötige, um mit meinem Raumschiff sprechen zu können.«

Er stutzte, da ihm einfiel, daß sein Kampfanzug aus dem Wrack verschwunden war, doch er kam nicht mehr dazu, es zu erwähnen. Eguordo stieß einen warnenden Schrei aus.

»Schnell! Zurück in die Höhle!« drängte er und zog den Haluter mit sich.

Kaum hatten sie die Höhle erreicht, als er Holz zusammenraffte und am Eingang der Höhle aufschichtete, um es dann zu entzünden. Als die Flammen aus dem Holz aufschlugen, vernahm Icho Tolot ein feines Pfeifen. Es schien aus zahllosen Kehlen zu kommen.

»Was ist das?« fragte er.

»Daquen«, antwortete der Titanier mit bebender Stimme. Dabei trat er einige Schritte vom Feuer zurück.

Neugierig beugte der Haluter sich nach vorn. Jetzt bemerkte er zahlreiche, echsenähnliche Tiere, die etwa so groß waren wie eine seiner Hände. Sie hatten vier Beine und zwei winzige, verkümmerte Flügel. Ihr Kopf erschien unproportional groß, und er wirkte noch größer, weil er mit Hautflügeln versehen war, die sich wie große Ohren weit abspreizten. Über die Lippen der Tiere ragten lange, spitze Zähne.

»Sind sie so gefährlich, daß du dich vor ihnen fürchten mußt?« fragte der Haluter.

Die Zahl der Tiere wuchs explosionsartig an. Da er mit seinen infrarotempfindlichen Augen auch die Dunkelheit vor der Höhle durchdringen konnte, sah er sie alle. Er schätzte, daß sich weit über zehntausend dieser kleinen Echsen vor der Höhle zusammendrängten. Sie rückten bis nahe an das Feuer heran, wichen dann jedoch vor ihm zurück.

»Nichts ist gefährlicher als sie«, antwortete Eguordo. »Wer sich nicht in eine Höhle retten kann, so wie wir, ist rettungslos verloren.«

»Sind sie der Grund dafür, daß ihr hohe Mauern um eure Städte baut?«

»Richtig. Nur so können wir sie von uns fernhalten. Wird man außerhalb der Mauern von ihnen überrascht, ist es vorbei. Sie kommen immer nur in der Dunkelheit; dann fallen sie über ihre Opfer her, und in wenigen Sekunden ist nichts mehr von ihnen übrig. Nicht einmal die Knochen. Ich habe sie schon oft gesehen, aber noch niemals so viele auf einmal. In so großer Zahl sind sie bislang nie aufgetreten.«

Icho Tolot griff nach einem brennenden Ast.

»Wir werden sie verscheuchen«, sagte er.

»Nein, das darfst du nicht«, hielt ihn der Titanier zurück. »Es sind heilige Tiere. Man darf sie nicht vertreiben, und man darf sie erst recht nicht töten. Und niemand darf sich gegen sie wehren, wenn er auf dem offenen Land von ihnen überrascht wird.«

Sie setzten sich auf den Boden und beobachteten über die Flammen hinweg, wie die Daquen sich draußen vor der Höhle bewegten. Eguordo erzählte, daß die Titanier ihre Toten stets diesen heiligen Tieren übergaben.

»Wir lassen sie von den Mauern der Städte herab«,

sagte er. »Wenn die Daquen dann kommen, dauert es nur ein paar Sekunden, bis die Toten in das Ewige Reich übergegangen sind.«

Beunruhigt blickte er sich um. Sie hatten nur wenig Holz, so daß sie das Feuer am Eingang nicht mehr lange aufrechterhalten konnten.

»Sie wissen genau, daß sie nur zu warten brauchen«, erkannte er. »Nur ein paar Minuten noch, dann kommen sie an dem Feuer vorbei.«

»Nur keine Sorge«, versuchte Icho Tolot ihn zu beruhigen. »Wir sind nicht in Gefahr. Verlaß dich auf mich.«

Er schaltete seinen Antigrav ein und schwebte einige Zentimeter in die Höhe. Staunend betrachtete ihn der Titanier.

»Das ist nicht möglich«, entfuhr es ihm. Furchtsam wich er vor Icho Tolot zurück. »Ich habe davon gehört, daß du so etwas kannst, doch ich wollte es nicht glauben. Das ist Zauberei.«

»Unsinn«, entgegnete der Haluter und streckte seine Arme aus. »Das hat nur mit einer kleinen Maschine zu tun, die ich bei mir habe. Wenn es mir gelingt, zu meinem Raumschiff zu kommen, werde ich dir so eine Maschine schenken. Sie wird dir helfen, dich in deiner Welt zu behaupten.«

Eguordo zögerte.

»Vertrau mir«, bat der Haluter. »Ich bin dein Freund, und ich bin der einzige, der dich vor den Daquen retten kann. Wenn du dich mir jetzt nicht anvertraust, werden sie dich fressen.«

Innerlich zitternd vor Furcht wagte sich der Titanier in die Arme des Riesen. Icho Tolot zog ihn fest an sich, und dann schwebte er mit ihm zusammen hoch über das Feuer und die kleinen Raubtiere hinweg. Einige der Daquen sprangen gierig kreischend in die Höhe, erreichten ihre Füße jedoch nicht.

Icho Tolot stieg bis in eine Höhe von etwa zehn Metern auf und wartete. Angsterfüllt blickte Eguordo in die Tiefe. Er sah, wie die Daquen das herabgebrannte Feuer überwanden und die Höhle eroberten, und er verfolgte, wie sie Minuten später wieder daraus hervorkamen und in Massen abzogen.

Icho Tolot wartete etwa fünfzehn Minuten. Als er danach keines der Raubtiere mehr entdecken konnte, ließ er sich zu Boden sinken und setzte den Titanier ab.

»Nun?« lachte er mit dröhnender Stimme. »Habe ich dich enttäuscht?«

Ehrfurchtsvoll warf sich Eguordo vor ihm auf den Boden, doch der Haluter zog ihn sogleich wieder hoch.

»Ich bin niemand, der über dir steht«, sagte er. »Ich bin dein Freund. Du wirst lernen müssen, daß es niemanden gibt, vor dem du dich auf den Boden werfen mußt.«

»Ich bin unbedeutend«, versetzte Eguordo.

»Niemand ist das«, widersprach der Haluter ihm. »Unbedeutend bist du nur, wenn du dich selbst dazu machst. Eine neue Zeit bricht an, und wenn du in ihr bestehen willst, dann mußt du dich von den alten Vorstellungen lösen. Du mußt alles in Frage stellen, was bisher für dich richtig war. Also wirf dich nicht vor mir auf den Boden. Ich mag es nicht, wenn meine Freunde so etwas tun.«

Damit erwies der schwarze Koloß sich als feinfühliger, als Eguordo erwartet hatte. Mit leuchtenden Augen blickte der Titanier ihn an.

»Danke«, sagte er schlicht. »Was wirst du jetzt tun?«

Icho Tolot ließ sich Zeit mit einer Antwort. Er ging

einige Schritte hin und her und blickte zuweilen zum Sternenhimmel hinauf. Die Nacht war nahezu vorbei. Am Horizont zeigte sich bereits ein erster Silberstreif, und die Sterne begannen zu verblassen. Der kleine, birnenförmige Mond des Planeten ging auf.

»Du hast gesagt, die Hohenpriester wüßten, wo die Waffen jener Wesen gefunden worden sind, die in ferner Vergangenheit auf diesem Planeten gelebt haben.« Forschend blickte er den Titanier an. »Habt ihr keine Namen für sie?«

»Nein, wir nennen sie niemals beim Namen. Wenn es gar nicht anders geht, benutzen wir die Bezeichnung ›die Unaussprechlichen‹, doch dieses Wort verwenden wir auch bei anderen, die wir verachten, die wir fürchten, die uns unheimlich oder rätselhaft sind, oder die uns verdächtig erscheinen. So bist du für viele ein ›Unaussprechlicher‹.«

»Nun gut. Der Name ist nicht so wichtig. Ich muß die Waffen und die anderen Dinge sehen, die sie hinterlassen haben.«

»Das ist unmöglich, denn kein Oberster Stifter wird dir das Geheimnis verraten.«

»Ich muß es versuchen.«

»Wie denn? Was kannst du schon tun?«

»Ich gehe in die Stadt zurück, aus der wir beide geflüchtet sind, und ich werde den Obersten Stifter fragen. Dann sehen wir ja, ob er antwortet.«

»Das ist unmöglich. Sie würden dich sofort entdecken. Du wärst tot, bevor du auch nur in die Nähe des Stifters kommst.«

»Ich habe keine andere Chance«, sagte Icho Tolot. Er hoffte, daß er bei den Geräten des verschollenen Volkes ein Funkgerät fand oder wenigstens einige Teile, aus denen er sich ein Funkgerät bauen konnte. Eine andere Möglichkeit, mit der HALUTA in Verbindung zu treten, gab es wohl nicht. Wenn er den Planeten jemals wieder verlassen wollte, dann mußte er den Versuch unternehmen und in die Stadt eindringen.

Eguordo griff sich an den Hals und nahm das Band mit dem nahezu farblosen Edelstein ab. Er warf es in die allmählich verlöschende Glut.

»Warum tust du das?« fragte Icho Tolot.

»Du hast gesagt, daß ich alles in Frage stellen soll, was bisher für mich richtig und wichtig war«, antwortete der Titanier. »Also trenne ich mich von dem Pilgerspiegel. Bisher habe ich an ihn geglaubt, aber wenn ich es genau bedenke, ist seine Wirkung noch nie bewiesen worden.«

»Was ist ein Pilgerspiegel?« fragte der Haluter.

»Du weißt es nicht?« Eguordo war im höchsten Maße verwundert. »Du hast sicher die vielen Felsnadeln gesehen, die es überall auf dem Land gibt. Manche von ihnen sind hohl, und der Wind heult in ihnen. Doch wir glauben, daß es nicht der Wind ist, sondern daß unsere Ahnen mit ihrer Stimme zu uns sprechen und daß von ihnen eine heilsame und gute Strahlung ausgeht. Mit Hilfe des Pilgerspiegels können wir die Strahlung auffangen und so jene Segnungen auf uns vereinen, die sie uns zuteil werden lassen. Leider gibt es auch böse Geister, die uns schaden wollen. Ihre Strahlung können wir mit dem Pilgerspiegel abwehren.«

»Es ist gut, daß du dich davon getrennt hast«, kommentierte Icho Tolot und stellte damit zugleich unmißverständlich klar, was er von dem ›Pilgerspiegel‹ hielt. »Ich sehe, du hast verstanden, was ich dir sagen wollte.«

Eguordo blickte sich unschlüssig um. »Was machen wir jetzt?« fragte er. »Wie geht es weiter?«

»Bist du müde?«

»Ich bin müde, aber ich könnte nicht schlafen. Ich bin viel zu aufgeregt.«

»Wir könnten Holz sammeln, die Höhle mit einem Feuer sichern und ruhen, bis es Tag wird.«

»Ich brauche keine Ruhe.«

»Sobald es dunkel geworden ist, kehren wir zur Stadt Erz zurück«, entschied der Haluter. »Bis dahin müssen wir uns irgendwo aufhalten. Wenn es mit deinen Gefühlen vereinbar ist, würde ich gern zum Steinernen Grabmal fliegen und dort die Dunkelheit abwarten.«

»Das Grabmal ist auch für mich ein heiliger Ort«, gestand Eguordo. »Das heißt aber nicht, daß ich mich nicht dort aufhalten darf.«

Icho Tolot sagte ihm nicht, daß er sich für das Grabmal entschieden hatte, weil dort die Beeinträchtigung seines Planhirns begonnen hatte. Er hoffte, dort eine Lösung für sein Problem zu finden.

»Gut, dann fliegen wir zum Grabmal!«

Eguordo hob zweifelnd die Hände.

»Fliegen? Du kannst nicht nur auf der Stelle schweben?«

Icho Tolot lachte dröhnend. Dann bat er den Titanier, sich ihm noch einmal anzuvertrauen und sich an ihn zu klammern. Zögernd folgte Eguordo der Einladung. Kaum hatte er seine Arme um den Haluter gelegt, als dieser seinen Antigrav einschaltete und in die Höhe schwebte. Der Haluter nahm Kurs auf das Steinerne Grabmal.

»Seht her!« rief Stackon voller Stolz. »Ich habe die Spur des Monsters gefunden.«

Seine Krieger rückten schweigend zu ihm auf. Ein kalter Wind blies ihnen ins Gesicht; um sich vor ihm zu schützen, hüllten sie sich tief in warme Mäntel. Die Temperaturen waren weiter gefallen, und es war so kalt geworden, daß sie sich kaum bewegen konnten.

»Es ist noch eine andere Spur da«, stellte Empos, ein Offizier, fest. Er war ein furchtloser und erfahrener Krieger, dessen Körper von vielen Kämpfen gezeichnet war. Normalerweise hatte er ein lebhaftes Temperament, doch die Kälte ließ selbst seinen Eifer einfrieren. »Jemand ist ihm gefolgt.«

»Wer wohl?« entgegnete Stackon und gab sich gleich selbst die Antwort auf diese Frage. »Es kann nur Eguordo, der Verräter, sein. Er will sich dem Monster anschließen, um mit ihm zusammen Unheil über die Welt zu bringen.«

Mürrisch schweigend folgten ihm seine hundert Krieger. Sie bewegten sich langsam und schwerfällig, doch niemand protestierte gegen den nächtlichen Marsch. Jeder wußte, daß die Spur schon bald von Schnee zugedeckt und daß ihre Mission danach noch sehr viel schwerer werden würde.

Doch die Temperaturen fielen weiter, und zwei Stunden später mußte Stackon ein Lager für die Nacht errichten. Er ließ Holz sammeln und einen großen Kreis von Lagerfeuern entzünden, damit sich die Krieger aufwärmen konnten.

Stackon setzte sich an eines der Feuer und schloß die Augen, um ein wenig zu schlafen. Er war erschöpft und hatte die Pause nicht nur eingelegt, weil es kalt war, sondern weil er zu müde war, um die Beine heben zu können. Der erlittene Blutverlust hatte ihn zu sehr geschwächt.

Einer der Krieger reichte ihm etwas zu essen. Er nahm es entgegen, schlief aber ein, ohne etwas zu sich genommen zu haben.

Erst am Morgen, als die Sonne ihm den Rücken wärmte, wachte Stackon wieder auf. Er war steif vor Kälte, und es vergingen einige Minuten, bis er sich bewegen konnte. Um sein Blut anzutreiben, machte er gymnastische Übungen, und er trieb die Krieger dazu an, es ihm gleichzutun.

Die Feuer brannten noch immer. Sie bildeten einen Ring um das Lager. Empos, der den Ring kurzfristig verlassen hatte, kam zu Stackon und berichtete ihm, daß er Spuren von Daquen gefunden hatte.

»Du hast eine gute Entscheidung getroffen«, sagte er. »Wenn wir das Lager nicht eingerichtet hätten, wären wir jetzt alle tot. Die Daquen hätten uns gefressen.«

Stackon fühlte, wie es ihm kalt über den Rücken lief. Von Kind an fürchtete er sich vor den Daquen. Er war noch nicht einmal fünf Jahre alt gewesen, als er beobachtet hatte, wie ein verstorbener Verwandter den Daquen übergeben worden war. Die dabei gewonnenen Eindrücke hatten sich ihm tief eingeprägt. Sie waren so gräßlich gewesen, daß er sie nie vergessen hatte, und wenn ihn etwas am Tod wirklich erschreckte, so war es die Tatsache, daß er danach ein Opfer der heiligen Tiere werden würde.

Er dachte an die Waffe, die wie ein Hammer aussah, und an die Wirkung, die sie hatte, und er schwor sich, daß er sich mit ihr wehren würde, falls die Daquen ihn angreifen sollten. Er wollte sich nicht bei lebendigem Leibe von ihnen zerreißen lassen.

Er fand das Essen auf dem Boden liegen, das ihm einer

der Krieger in der Nacht gereicht hatte, nahm es auf, reinigte es vom Schmutz und verzehrte es.

»Wir brechen gleich auf«, entschied er. »Solange es kalt genug ist, können wir die Spur sehen.«

»Die Spur ist verschwunden«, klärte ihn der Offizier auf. »Ich habe Späher ausgeschickt, aber sie haben nichts entdeckt. Es hat geschneit, und wir können nur raten, wohin das Monster gelaufen ist.«

»Wir gehen in der bisherigen Richtung weiter«, entgegnete Stackon.

Minuten später brach er mit den Kriegern auf. Nun stieg die Sonne höher, es wurde warm. Der Schnee schmolz, und an einigen Stellen tauchte die Spur des Haluters wieder auf.

Stackon hätte die Krieger gern zu schneller Gangart angetrieben, doch er fühlte sich zu schwach, und die Wunde an seinem Hals schmerzte. Für ihn wurde jeder Schritt zur Qual, aber er gab nicht auf. Er wußte, daß er keine Wahl hatte; wenn er vorzeitig in die Stadt zurückkehrte, wartete der Tod auf ihn.

Nach zwei Stunden anstrengenden Marsches war er so erschöpft, daß er eine Pause einlegen mußte. Die Gruppe hatte einen Wald durchquert und befand sich nun an einem sanft abfallenden Hang, der mit blühenden Büschen bedeckt war. Von hier aus reichte der Blick weit über das Land, das sich zu einer dicht bewaldeten Ebene dehnte. Am Horizont war die aus leuchtend weißen Steinen errichtete Mauer zu erkennen, die sich quer über eine Landenge spannte. Stackon hatte sie nie aus der Nähe gesehen, aber er wußte, daß sie ein unüberwindliches Bollwerk war und die Grenze zu einem anderen Land bildete.

Er wies Empos darauf hin. »Bist du je dort gewesen?«

»Ein einziges Mal«, antwortete der Offizier. Er schickte drei Stoßtrupps von jeweils drei Kriegern als Späher aus. Sie hatten die Aufgabe, die vor ihnen liegenden Wälder zu sondieren und nach Spuren des Riesen zu suchen. »Das war vor vier Jahren. Damals bin ich sogar oben auf der Mauerkrone gestanden.«

»Dann hast du gesehen, wie es hinter der Mauer aussieht?« Stackon war fasziniert. Die Mauer war von Geheimnissen umgeben, und er wußte nur, daß auf der anderen Seite der Mauer Wesen lebten, vor denen sie sich alle fürchteten. Es waren jene, von denen es hieß, daß sie anderen Blutes waren.

»Nicht viel anders als auf dieser Seite«, antwortete der Offizier. »Eine schmale Landbrücke führt zu dem anderen Kontinent hinüber. Man kann ihn am Horizont sehen. Unten an der Mauer waren einige von jenen, die anderen Blutes sind. Wir haben sie beschossen, doch sie waren zu schnell. Sie sind uns entkommen.«

»Immer wieder versuchen sie, über die Mauer zu kommen«, knurrte Stackon. Zornig ballte er die Hände zu Fäusten. »Warum bleiben sie nicht, wo ihr Land ist? Was wollen sie bei uns?«

»Sie bedrängen uns«, stellte Empos fest, »aber sie werden uns niemals besiegen. Sie haben nicht unsere Kultur. Ihr Blut ist schlecht.«

Er plapperte nach, was die Hohenpriester sagten, aber er glaubte an das, was er sagte, und auch Stackon glaubte es. Er erschauerte bei dem Gedanken an jene, die »anderen Blutes« waren, denn er fürchtete sich vor ihnen.

»Es heißt, daß sie eine neue Waffe haben«, fuhr der Offizier fort. »Damit können sie über das Wasser fahren.«

»Über das Wasser?« Stackon blickte ihn erschrocken an. »Wenn sie das tun, verstoßen sie gegen die Gesetze des *Buches*. In ihm steht, daß wir niemals und unter gar keinen Umständen über das Wasser fahren oder Nahrung aus dem Wasser gewinnen dürfen, weil es unrein ist.«

Drei Krieger eines Spähtrupps kehrten zurück. Sie liefen den Hang herauf, und ihr Anführer winkte, um auf sich aufmerksam zu machen.

»Sie kommen«, berichtete er heftig atmend, als er Stackon und den Offizier erreichte.

»Wer? Von wem sprichst du?« fuhr Empos ihn an.

»Von jenen, die anderen Blutes sind«, antwortete der Krieger. »Wir müssen fliehen. Es sind zuviele.«

Während er noch sprach, kamen mehrere Männer aus dem Wald unten am Hang. Sie trugen Umhänge aus einem dünnen, grünen Stoff, der so leicht war, daß er im Wind flatterte. Keinem der Krieger Stackons wäre es eingefallen, sich so dürftig zu kleiden. In dieser Jahreszeit wurden die Nächte zu kalt, so daß ein Feuer nicht mehr ausreichte, um sich zu schützen. Da mußte man schon dickere Stoffe verwenden, wenn man nicht Opfer der Kälte werden wollte.

Die Fremden bewegten sich schnell und zielstrebig den Hang hinauf. Ihre Zahl wuchs immer mehr an, bis es nahezu dreihundert waren. Sie alle hatten armbrustähnliche Waffen, mit denen sie Pfeile verschießen konnten.

»Wir sind ihnen weit unterlegen«, sagte Stackon. »Dennoch werden wir sie aufhalten.«

Empos trat unter den Bäumen hervor, so daß die anderen ihn sehen konnten. Er war mit einer Fasza ausgerüstet, einer armbrustähnlichen Waffe. Geschickt legte er einen gefiederten Pfeil auf die Sehne, so schnell und ohne den geringsten Fehler zu machen, so daß der Feind erkennen mußte, welch großer Kämpfer er war. Er zielte auf den führenden Offizier, den er an der Farbe seines Pilgersteins und an seinen Waffen erkannte, und bevor noch einer der anderen reagieren konnte, löste er die Waffe aus. Zischend flog der Pfeil auf die Anrückenden zu und flog so nah an dem Offizier vorbei, daß die Feder an dem Pfeil seinen Kopf streifte.

Die Krieger von Erz jubelten, und Empos lachte triumphierend. Mit diesem Schuß hatte er seinen Gegner besiegt. Er trat noch einen Schritt vor, setzte die vorderen Beine gespreizt nach vorn, die hinteren, eng beieinander stehenden ebenso weit nach hinten. Dann hob er stolz den Kopf, um damit anzuzeigen, daß er den Kampf gewonnen hatte, so wie es seit Jahrtausenden Sitte war bei allen Völkern der Obyeter.

Jetzt hätte der Offizier der anderen sich auf den Boden werfen und damit seine Kapitulation anzeigen müssen. Doch der andere dachte gar nicht daran, die seit Äonen gültigen Kampfregeln zu beachten. So schnell, daß Empos ihm kaum mit seinen Blicken folgen konnte, legte er seine Fasza an und schoß ebenfalls.

Stackon mußte an seine Begegnung mit dem Haluter denken, und er erinnerte sich an dessen Reaktion. Instinktiv stieß er den Offizier zur Seite, und der Pfeil flog haarscharf an Empos vorbei. Er hätte ihn getötet, wenn Stackon nicht gehandelt hätte.

Jetzt eröffneten die anderen unten am Hang das Feuer. Ein Hagel von Pfeilen ergoß sich über Stackon und seine Krieger; viele von ihnen sanken verletzt oder getötet zu Boden.

Stackon war ebenso entsetzt wie Empos. Beide hatten

so etwas noch nie zuvor erlebt. Stackon hatte noch nie gekämpft, und Empos hatte bei allen Kämpfen ebenso wie seine Gegner darauf geachtet, daß niemand getötet wurde. Er hatte Verletzungen davongetragen und seinen Feinden selbst Verletzungen zugefügt, aber er hatte niemals getötet. Es stand im *Buch,* daß Hölle und Verdammnis auf denjenigen wartete, der seine Kämpfe auf unehrenhafte Weise führte und seine Gegner verletzte oder gar tötete.

Doch die Angreifer hielten sich nicht an die Gesetze. Sie mißachteten die heiligen Regeln des *Buches*. Sie legten es darauf an, die Krieger aus der Stadt Erz zu töten, und sie stürzten sie damit in eine heillose Verwirrung.

Stackon sah einen seiner Krieger nach dem anderen zu Boden sinken, und in seinem Entsetzen verlor er die Beherrschung. Er riß die hammerförmige Waffe hoch, zielte auf die Angreifer und löste sie aus.

Ein blauer Blitz raste auf die Gruppe der Angreifer zu und erfaßte sie. Schlagartig wölbte sich eine riesige Staubwolke auf, und als sie wenig später vom Wind davongetragen wurde, war die Hälfte derer, die »anderen Blutes« waren, verschwunden.

Sie hatten sich in Nichts aufgelöst.

Der Rest wandte sich zur Flucht. So schnell wie Stackon und seine Krieger sich nie hätten bewegen können, rannten sie davon und verschwanden im Dickicht der Wälder.

Stackon ließ sich ins Gras sinken. Die Waffe in seiner Hand wurde ihm so schwer, daß er sie kaum noch halten konnte. Er war wie gelähmt vor Entsetzen, und als er sich im Schock umsah, erfaßte sein Verstand die Bilder kaum, die ihm seine Augen vermittelten. Um ihn herum lagen Tote und Verletzte auf dem Boden. Empos kauerte vollkommen verstört neben ihm. Er konnte ebenfalls nicht fassen, was geschehen war.

»Ich verstehe es nicht«, stammelte er. »Ich habe schon viele Kämpfe überstanden, aber ich habe noch nie erlebt, daß jemand dabei getötet wurde.«

»Eine neue Zeit zieht herauf«, sagte Stackon, aber er begriff selbst nicht, was seine Worte bedeuteten.

»Warum haben sie das getan?« fragte Empos. »Ich habe ihn doch besiegt!«

»Die Feder hat ihn berührt«, bestätigte Stackon. Damit war alles gesagt.

Die beiden Männer blickten sich an; sie waren für eine lange Zeit nicht in der Lage, irgend etwas zu unternehmen. Sie vernahmen die Klagen der Verletzten, doch der Schock saß so tief, daß sie sich nicht bewegen konnten.

Erst als sich eine Sprungschwinge, ein großer, blauer Vogel, über ihnen auf einem Ast niederließ und seinen melodiösen Gesang hören ließ, schreckten sie auf.

»Eine Sprungschwinge«, stellte Empos erschrocken fest. »Sie hat die Toten bemerkt und ruft die Daquen, um ihnen zu sagen, daß eine reiche Ernte auf sie wartet!«

»Aber es ist Tag«, stammelte Stackon. »Sie kommen nur während der Dunkelheit.«

»Du hast recht«, bestätigte der Offizier, »aber ich hatte den Kampf bereits gewonnen, und niemand hätte danach noch auf uns schießen dürfen. Sie haben es dennoch getan. Die Zeiten ändern sich. Vielleicht kommen die Daquen jetzt auch schon, wenn es hell ist.«

Darauf wußte Stackon nichts zu erwidern. Er war verwirrt und stand nach wie vor unter Schock. Dennoch ging er nun zu den Verwundeten und half, so gut er eben konnte. Zusammen mit Empos nahm er die Toten auf und trug sie zur Seite. Lange weigerte sich sein Verstand, den Ausgang des Kampfes so hinzunehmen, wie er war. Schließlich aber registrierte er doch, daß jene, die »anderen Blutes« waren, zweiunddreißig seiner Krieger getötet hatten.

Stackon war müde und erschöpft. Bevor er denjenigen zu Gesicht bekommen hatte, um den es ihm einzig und allein ging, war ein Drittel seiner Streitmacht tot und ein zweites Drittel so verletzt, daß es im Falle eines Kampfes unterliegen mußte.

Gemeinsam mit Empos sortierte er alle aus, auf die er glaubte, sich nicht mehr verlassen zu können, und schickte sie zurück zur Stadt Erz. Danach blieben noch siebenunddreißig Männer, mit denen er die Jagd auf den Giganten fortsetzen konnte.

Die Toten blieben, wo sie waren. Für Stackon und die anderen Titanier war selbstverständlich, daß man sie den Daquen überließ.

8.

Am Steinernen Grabmal untersuchte Icho Tolot zuerst die Reste seines Beibootes, fand jedoch nichts, was noch zu gebrauchen war. Danach beschäftigte er sich mit den wenigen Dingen, die er oben auf der Steinkugel deponiert hatte. Er steckte sie in die Taschen seines Anzugs, weil er hoffte, in der Stadt Erz irgend etwas zu finden, was sich damit kombinieren ließ.

Dann machte er sich vorsichtig daran, noch einmal die symbolischen Darstellungen auf dem Stein zu studieren. Dabei überwachte er sein Planhirn. Erleichtert stellte er fest, daß es keine weitere Beeinträchtigung der Leistung gab, daß sich im Gegenteil einige Dinge zu ordnen schienen. Er versuchte, seine Körperstruktur zu verändern, doch das wollte ihm auch jetzt nicht gelingen.

Danach untersuchte er noch einmal das Innere des Grabmals. Obwohl er mit größter Sorgfalt vorging, stieß er auf keinerlei Hinweise, die ihm helfen konnten, das Geheimnis seiner Vorfahren zu ergründen. Nach wie vor blieb nur die vage Vermutung, daß die allerersten Haluter von Titanic kamen und nicht aus den Labors der Okefenokees stammten, die man die Philosophen der Galaxis M 87 genannt hatte.

Darüber verging der Tag, den Eguordo schlafend mitten im Wald verbrachte. Als die Dämmerung einsetzte, war Icho Tolot keineswegs enttäuscht. Er hatte zwar keine Beweise dafür gefunden, daß Vorfahren der Haluter auf diesem Planeten gelebt hatten, aber er war auf Indizien gestoßen, die seine Hoffnungen bestärkten, in der Stadt Erz Beweise aufspüren zu können.

Was verbarg sich im Tempel der Stadt? Begründete sich die Macht der Hohenpriester auf Hinterlassenschaften seiner Urahnen?

Als er sich auf den Boden herabsinken ließ, wartete Eguordo bereits auf ihn. »Es wird kalt«, bemerkte der Titanier. »Dunkle Wolken ziehen auf. Wahrscheinlich wird es wieder schneien. Das ist gut für uns.«

»Mir ist es egal, ob es kalt ist oder nicht«, antwortete der Haluter. Er bot dem Titanier den Arm, und Eguordo klammerte sich an ihn, um mit ihm über die Felder und die überall aufragenden Felsnadeln hinwegzuschweben.

»Mir auch«, versetzte das Echsenwesen, »aber den anderen nicht.«

»Wen meinst du damit?«

»Die Bewohner von Erz zum Beispiel. Sie sagen, daß wir anderen Blutes sind, und das ist auch wahr. Unser Blut ist besser als ihres.«

Icho Tolot hörte nicht richtig hin. Er hielt die Bemerkung für eine populistische Aussage ohne tiefere Bedeutung. Seine Aufmerksamkeit galt den Felsnadeln, in deren Höhlungen der Wind heulte, summte und brummte und auf diese Weise seltsame Melodien schuf.

Als die Stadt in Sicht kam, war es dunkel. Der Haluter ließ Eguordo und sich auf den Boden sinken, um die letzte Strecke zu Fuß zurückzulegen. Der Titanier blieb schon nach wenigen Schritten stehen. Er reckte den Kopf in die Höhe und atmete vorsichtig durch die Nase ein.

»Der Geruch des Todes lastet über der Stadt«, bemerkte er.

Icho Tolot, der mit Hilfe seiner infrarotempfindlichen

Augen fast so gut sehen konnte wie am Tag, blickte zu den Mauern der Stadt hinüber. Ihm fiel auf, daß es zu ihren Füßen von kleinen Tieren geradezu wimmelte.

»Die Daquen sind da«, berichtete er. »An langen Seilen hängen Tote von der Mauer herab.«

»Es ist die Kälte«, vermutete Eguordo. »So kalt war es um diese Jahreszeit noch nie. Viele sind darauf nicht vorbereitet.«

»Du meinst, die Kälte hat sie umgebracht?«

»Ich weiß es nicht, aber es ist möglich. Mit der Kälte kommen Krankheiten, an denen viele sterben. Das war schon immer so in den Städten.«

Icho Tolot zog ihn wieder an sich, schaltete den Antigrav ein und stieg zusammen mit ihm auf. Er wollte nicht das Risiko eingehen, von Daquen angegriffen zu werden. Er nutzte jede sich bietende Deckung aus, um unbemerkt bis an die Mauer der Stadt zu kommen. Dabei ließ er die Mauerkrone nie aus den Augen. Mehrmals entdeckte er Wächter. Sie waren aufmerksam und spähten mit Hilfe von Sichtgläsern in die Dunkelheit hinaus.

»Sie fürchten sich vor uns, die wir anderen Blutes sind«, sagte Eguordo.

»Haben sie Grund dazu?« fragte Icho Tolot.

Der Titanier überlegte lange, bevor er antwortete. Schließlich kam er zu der Einsicht, daß er dem Haluter vertrauen konnte.

»Du bist mein Freund«, eröffnete er ihm. »Das mag seltsam klingen, doch ich meine es so. Dabei hat das Wort ›Freund‹ für mich eine ganz besondere Bedeutung. Ich weiß, daß du nichts an meine Feinde verraten wirst.«

»Um was geht es?«

»Immer mehr Krieger meines Volkes kommen herüber.

Wir verlassen unseren Kontinent, um auf den Kontinenten Fuß zu fassen. Langsam und unauffällig bisher, doch in letzter Zeit ist unsere Zahl gewachsen. Ich bin einer von vielen, die in den Städten der Kalten eingesickert sind. Und jetzt bricht die letzte Stunde an. Diese Welt wird bald der Vergangenheit angehören. Die Natur will es so.«

Es begann zu schneien, und die Sicht wurde schlechter. Der aus dem Nordosten kommende Wind führte eiskalte Luft heran. Icho Tolot fühlte die Kälte, aber sie beeinträchtigte ihn nicht. Eguordo begann zu zittern, und er sagte, daß er sich gern bewegen würde, um sich aufzuwärmen. Die Wachen auf der Mauer aber standen still, als seien sie eingefroren.

Unbemerkt erreichte der Haluter mit Eguordo die Stadtmauer. Weitab vom Tor schwebte er in die Höhe und blieb einige Sekunden lang auf der Mauerkrone. Unten am Fuße der Mauer wimmelte es von Daquen, die durch die Leichen angelockt worden waren.

»Weiter«, flüsterte der Titanier. »Mir ist kalt!«

Sie glitten zwischen zwei Türmchen über die Mauerkrone hinweg und tauchten hinter der Mauer in die Stadt ein. Kaum hatten sie den Boden erreicht, als sich Eguordo von dem Haluter löste, hin und her lief und auf der Stelle hüpfte, um sich aufzuwärmen. Dabei hauchte er sich den warmen Atem in die klammen Hände.

»Zum Tempel«, flüsterte er dem Haluter danach zu und zeigte ihm die Richtung an, der sie folgen mußten.

Icho Tolot schwebte noch immer einige Zentimeter über dem Boden; er schaltete den Antigrav auch nicht aus, um im Schnee keine Spuren zu hinterlassen.

In den engen Gassen der Stadt war es dunkel. Holzläden sicherten die Fenster. Sie schlossen so dicht, daß kaum einmal ein Lichtstrahl von innen nach außen drang.

»Es ist gut, daß es so kalt ist«, sagte Eguordo, als sie den Platz mit dem größten Tempel der Stadt erreichten. »Im Sommer, wenn es warm ist, hält sich alles auf den Straßen auf. Dann wimmelt es hier von Männern, Frauen und Kindern. Aber jetzt läßt sich niemand blicken.«

Am Ende einer Gasse blieben sie stehen. Nun waren sie nur noch etwa hundert Meter vom Tempel entfernt.

»Jetzt ist es vorbei«, bemerkte der Titanier. »Bis hierher sind wir unbemerkt geblieben, aber wir können den Tempel nicht erreichen, ohne gesehen zu werden. Hinter den Mauern gibt es Wachen. Sie blicken durch kleine Schlitze hinaus. Sie werden Alarm schlagen, wenn wir kommen.«

Icho Tolot spähte zum Tempel hinüber, und er sah, was Eguordo meinte. Die Schlitze waren deutlich zu erkennen, da sie ein anderes Wärmebild hatten als die Säulen und die Mauern des Tempels. Im Inneren des Gebäudes war es warm, und ein Teil der Wärme quoll durch die Schlitze heraus.

»Wir hätten gleich fliegen sollen«, knurrte Icho Tolot, zog den Titanier kurzerhand an sich, stieg mit ihm bis in eine Höhe von fast zweihundert Metern auf und schwebte mit ihm bis über den Tempel. Dann ließ er sich langsam sinken und landete an einer Stelle, die von den Wächtern im Inneren des Gebäudes nicht eingesehen werden konnte. Mit wenigen Schritten waren sie an der Mauer, duckten sich und schoben sich unter den Sichtschlitzen hindurch zur Tür hin.

Eguordo versuchte vergeblich, die Tür zu öffnen.

»Sie ist von innen verriegelt«, sagte er.

Damit hatte Icho Tolot gerechnet. Längst hatte er sich die notwendigen Schritte überlegt.

»Du mußt dich jetzt entscheiden, Eguordo. Entweder du bleibst bei mir, dann wird es gefährlich, oder du kehrst um und versteckst dich, bis alles vorbei ist.«

»Ich kann nicht zurück«, erwiderte der Obyeter. »Vor der Stadt warten die Daquen, und in der Stadt kann ich auch nicht bleiben, weil ich mir den Obersten Stifter zum Feind gemacht habe. Ich wußte von Anfang an, daß ich meinen Weg bis zu Ende, und zwar mit dir, gehen muß.«

»Eguordo«, entgegnete der Haluter beinahe zärtlich. »Ich werde dich beschützen. Du kannst dich auf mich verlassen.«

Der Titanier wußte nicht, welch Freundschaftsbeweis die Art war, in der Icho Tolot seinen Namen ausgesprochen hatte. Aber so fremd ihm dieses Wesen auch war, er vertraute ihm, denn er spürte, daß diese Worte ehrlich gemeint waren. »Was hast du vor?«

»Ich muß diese Tür aufbrechen«, antwortete der Haluter. »Das wird soviel Krach machen, daß die Wachen alarmiert werden. Danach werden sie uns auf Schritt und Tritt bekämpfen. Aber sie werden es auf ihre Art tun. Sie werden nicht versuchen, uns zu töten, und sie erwarten, daß wir uns an die traditionellen Regeln halten. Das werde ich jedoch nicht tun, und du auch nicht, denn sonst dringen wir niemals bis zu den Geheimnissen dieses Tempels vor.«

»Der Sturm der neuen Zeit gewinnt immer größere Kräfte. Er wird alle Obyeter hinwegfegen, die ›alten Blutes‹ sind. Eine neue Zeit bricht an«, versetzte Eguordo. »Mit ihr gehen die alten Traditionen ohnehin unter.«

»Also dann!«

Icho Tolot legte seine vier Hände an die Tür, spannte die Muskeln und setzte in die Tat um, was er angekündigt hatte. Krachend brach die Tür aus ihren Angeln und riß dabei ein großes Stück des Gemäuers mit.

Ein mit Fackeln beleuchteter Gang lag vor ihnen. Icho Tolot stürmte hinein. Ein mit einer Lanze bewaffneter Wächter trat ihm entgegen, halbwegs gelähmt vor Schreck und Furcht, zu keiner schnellen Reaktion fähig. Der Haluter packte ihn kurzerhand, hob ihn über den Kopf, schleuderte ihn über Eguordo hinweg und durch die Tür hinaus auf den Vorplatz des Tempels.

»Wo geht es nach unten?« fragte er seinen Mitkämpfer. »Weißt du es?«

Eguordo zeigte mit bebender Hand auf eine Tür. Er war tief beeindruckt ob der Leichtigkeit, mit der sein neuer Freund den Tempelwächter überwältigt und ihn aus dem Weg geräumt hatte.

»Ich habe einmal gesehen, daß dort eine Treppe in die Tiefe führt«, stammelte er. »Ich weiß aber nicht, was da unten ist.«

»Das finden wir jetzt heraus!« rief Icho Tolot mit dröhnender Stimme. »Deshalb sind wir hier.«

Er zweifelte keine Sekunde lang daran, daß er auf dem richtigen Weg war. Bei vielen ähnlichen Unternehmungen hatte er immer wieder festgestellt, daß die Mächtigen einer Welt ihre Schätze immer dort aufbewahrten, wo sie ihnen am sichersten erschienen – unter der Erde.

Als er die Treppe hinuntersteigen wollte, legte im Eguordo eine Hand auf die Schulter. Sie war warm und fühlte sich angenehm an.

»Da unten sitzen wir in der Falle«, gab der Titanier zu

bedenken. »Der Oberste Stifter könnte uns einmauern, wenn er will.«

»Das würde ihm auch nichts nützen.« Der Haluter war nun nicht mehr zu bremsen. Er stürzte sich die Treppe förmlich hinunter, und als er ihr Ende erreicht hatte, sah er sich einem Gang gegenüber, dessen Decke mit großformatigen Leuchtelementen versehen war.

Eguordo, der ihm gefolgt war, blieb staunend stehen. Er ließ seine rechte Hand tastend über eines der Elemente gleiten.

»Wieso leuchten sie?« fragte er.

»Weil es wohl irgendwo eine Atombatterie gibt, die seit Jahrtausenden Energie für diese Platten liefert. Ihr Energiebedarf ist minimal, und so eine Batterie ist nahezu unerschöpflich.« Tolot lachte dröhnend. »Das Licht ist der Beweis dafür, daß wir auf der richtigen Spur sind. Aber verlange nicht, daß ich dir das jetzt alles erkläre. Dazu haben wir später Zeit. Ich weiß jetzt nur, daß ich auf der richtigen Spur bin.«

Krachend schloß sich ein Schott vor ihnen. Es schob sich von der Seite her über den Gang, und als Icho Tolot es erreichte, erkannte er, daß es aus einem hochfesten Material bestand. Es war nicht mit der Tempeltür zu vergleichen.

Staunend ließ Eguordo seine Hand darüber gleiten. »Was ist das?« fragte er. »Es ist kein Stein und kein Metall. So etwas habe ich noch nie gesehen.«

»Es ist ein künstlich hergestelltes Material«, antwortete der Haluter, »und obwohl es wie neu aussieht, ist es schon ein paar tausend Jahre alt.«

Eguordo verstand nicht, und er mußte es ihm auf andere Weise erklären. Noch immer hatte er nicht genügend Informationen für seinen Translator, doch die Verständigung mit dem Titanier wurde von Stunde zu Stunde besser.

Eguordo ließ eine seiner Krallen über das Schott gleiten, um die Härte des Materials zu prüfen. Er war beeindruckt.

»Unser Weg ist zu Ende«, sagte er. »Daran kommen wir nicht vorbei.«

Sie vernahmen Stimmen und vorsichtig tastende Schritte vom oberen Ende der Treppe.

»Wir sitzen in der Falle!«

Icho Tolot lachte nur, und sein Lachen war so laut, daß die Tempelwächter oben auf der Treppe erschrocken stehenblieben.

»Das Schott ist alt und sehr gut«, sagte er, »aber das Material drum herum nicht!«

Er grub seine Hände in die Wände und riß große Brokken heraus. Innerhalb weniger Sekunden entstand eine große Öffnung neben dem Schott, und dann polterten die Steine nur so herab.

Eguordo half, so gut er konnte, und die Öffnung weitete sich, bis sie an dem Schott vorbei die Fortsetzung des Ganges sehen konnten. Icho Tolot kroch voran, und der Titanier folgte ihm.

Nun ging es über eine Treppe weiter nach unten. Hin und wieder stießen sie auf abzweigende Gänge, doch der Haluter beachtete sie nicht. Er blickte nur kurz hinein, um sich davon zu überzeugen, daß sich niemand darin verbarg, der ihnen gefährlich werden konnte, und ließ sich ansonsten nur von den leuchtenden Deckenplatten leiten. Je tiefer sie vordrangen, desto häufiger stießen sie auf Platten, die ausgefallen waren und kein Licht mehr ausstrahlten.

Eguordo betastete sie immer wieder. Für ihn waren sie ein Wunder, und es fiel ihm schwer zu glauben, daß sie seit Jahrtausenden leuchteten. Plötzlich ertönte ein infernalisches Geheul. Der Titanier blieb stehen, als sei er gegen ein unsichtbares Hindernis gelaufen, und preßte sich erschrocken die Hände gegen die Ohren.

Icho Tolot aber lachte. Er ließ sich durch das Heulen nicht beeindrucken. Kurzerhand riß er eine der Deckenplatten herab, fand darunter wie erwartet einen Lautsprecher, ergriff ihn und warf ihn auf den Boden. Obwohl das Geheul verstummte, zertrat er den Lautsprecher, damit er nicht noch einmal eingesetzt werden konnte.

»Da ist jemand, der sich mit den alten Dingen ganz gut auszukennen scheint«, sagte er. »Zumindest hat er gelernt, damit umzugehen.«

»Der Waffenmeister!«

Eguordo berichtete ihm, daß er von einem geheimnisvollen Mann gehört hatte, der seit vielen Jahren tief unter dem Tempel hausen sollte und nur nachts, wenn ihn niemand sehen konnte, mal nach oben kam.

»Es heißt, daß der Waffenmeister sogar Waffen hat, mit denen er den ganzen Planeten vernichten könnte.«

Icho Tolot hielt diese Aussage für übertrieben, nahm die Warnung aber ernst. Er mußte einkalkulieren, daß der geheimnisvolle Waffenmeister zumindest einen Energiestrahler hatte und auch wußte, wie er die Waffe einzusetzen hatte.

»Vorsichtig«, flüsterte er Eguordo zu. »Der Mann kann uns gefährlich werden.«

Er richtete alle seine Sinne nach vorn, um nicht überrascht zu werden. Besaß der Waffenmeister auch Kameras, mit deren Hilfe er sie beobachten konnte? Gab es

Sensoren im Gang, die anzeigten, wo sie sich jeweils befanden?

Er vernahm die Schritte eines Titaniers vor sich im Gang, und er zog Eguordo gedankenschnell zur Seite, um mit ihm in einen abzweigenden Gang zu springen.

Keine Sekunde zu früh!

Ein blauer Blitz zuckte durch den Gang. Irgend etwas explodierte, und eine Staubwolke breitete sich aus. Als sie sich legte, sah der Haluter, daß ein riesiges Loch an der Stelle gähnte, an der der Titanier und er eben noch gewesen waren.

Eguordo blickte ihn mit entsetzt geweiteten Augen an. Eine solche Wirkung hatte er noch bei keiner Waffe beobachtet.

»Es ist der Waffenmeister«, wisperte er. »Er verfügt über eine unendliche Macht. Nur der Oberste Stifter steht über ihm. Wir sind ihm unterlegen. Wir müssen uns zurückziehen.«

Icho Tolot schob sich an die Gangbiegung heran. Er horchte, und er hörte, daß jemand atmete. Vorsichtig grub er seine Hand in das Gestein der morschen Wand und löste einen faustgroßen Stein. Dann trat er blitzschnell auf den Nebengang hinaus und schleuderte den Stein auf den Waffenmeister, der mit schußbereiter Waffe kaum zehn Meter von ihm entfernt mitten im Gang stand.

Während Icho Tolot sofort wieder in die Deckung zurücksprang, gelang es dem Waffenmeister noch, die Waffe auszulösen. Der Energiestrahl fuhr jedoch vor ihm in die Decke, und Staub und Steine polterten herab. Er selbst stürzte, von dem wuchtig geschleuderten Stein an der Brust getroffen, zu Boden.

Als er sich aufraffen wollte, war Icho Tolot bereits über

ihm und riß ihm den Energiestrahler aus der Hand. Dann packte er den Titanier mit einer anderen Hand, riß ihn hoch, schob ihn vor sich her bis zum Schott und beförderte ihn durch die Öffnung daneben hinaus.

»Komm mir nicht noch einmal in die Quere«, drohte er. »Es könnte dein Ende sein!«

Der Waffenmeister antwortete nicht, sondern rannte angsterfüllt davon.

Mit der Waffe in der Hand kehrte Icho Tolot zu Eguordo zurück, der hilflos und verwirrt auf ihn wartete. Er redete ihm beruhigend zu und drang dann weiter in das Gewirr von Gängen und Treppen vor, bis er auf eine Kammer stieß, in der allerlei technisches Gerät in wandhohen Regalen gelagert wurde.

»Seit ich mit dir zusammen bin, erlebe ich ein Wunder nach dem anderen«, bemerkte der Titanier. Staunend blickte er sich um, hütete sich jedoch davor, irgend etwas zu berühren.

Icho Tolot entdeckte einen Monitor, und es gelang ihm, ihn einzuschalten. Das Bild eines Ganges erschien, doch da er nicht wußte, um welchen Gang es sich handelte, schaltete er das Gerät wieder aus. Es konnte ihm nichts nützen. Er war auf der Suche nach anderen Dingen, und er war keineswegs beeindruckt. Die meisten technischen Geräte konnte er auf Anhieb identifizieren und ihrer Funktion zuordnen. Ihre Form verriet nichts über ihre Erbauer, und ihre Existenz bewies keineswegs, daß es Vorfahren der Haluter auf diesem Planeten gegeben hatte. Sie waren noch nicht einmal ein Indiz für eine Zivilisation, die auf dieser Welt existiert hatte, konnten sie doch ebensogut aus einem gestrandeten Raumschiff eines fremden Volkes stammen.

Er schickte den Titanier auf den Gang hinaus. »Paß auf«, ermahnte er ihn. »Ich bin sicher, daß der Oberste Stifter früher oder später angreift. Er kann nicht dulden, daß wir ihm seine Schätze wegnehmen. Gib mir Bescheid, sobald du etwas bemerkst.«

Danach postierte Eguordo sich auf dem Gang und horchte. Er war ein verläßlicher Wächter, denn er wußte, daß er ohne die Hilfe des Haluters nicht überleben würde.

Als ob nicht die geringste Gefahr bestünde, untersuchte Icho Tolot die Kammer. Fasziniert von der Technik, der er sich gegenüber sah, hatte er Mühe, sich auf sein Ziel zu konzentrieren. Ihm blieb nur wenig Zeit, denn der Angriff der Tempelwächter konnte jeden Moment beginnen. Er durfte sich nur auf die eine Frage konzentrieren, ob es Hinweise auf die Existenz irgendwelcher entfernter Vorfahren auf diesem Planeten gab.

Er sah sich jedes einzelne Teil an, das in dem Raum gelagert wurde. Vieles war unvollständig und wertlos, bei manchem erkannte er sofort, daß es ihm nicht weiterhelfen konnte. Er hoffte, irgendwo auf einen Computer zu stoßen, der ihm Auskunft über die untergegangene Zivilisation gab. Doch er wurde enttäuscht. Er fand den gesuchten Beweis nicht.

Schließlich steckte er zwei kleine Scheiben ein, um sie irgendwann an Bord der HALUTA zu untersuchen. Er hoffte, daß es Speicherelemente waren und daß sie Informationen enthielten.

Als Tolot sich erneut dem Monitor zuwandte, fiel ihm ein kleines Fach an seiner Unterseite auf. Er drückte eine Taste, und der Bildschirm füllte sich mit Schriftzeichen einer fremden Kultur.

Mit einem Grollen stürzte er sich auf die Informationen.

Er hoffte, daß sie Licht in das Dunkel der Vergangenheit des halutischen Volkes brachten. Er öffnete das Fach und zog den Informationsspeicher heraus, einen kleinen Würfel. Doch dann blieb ihm keine Zeit mehr, seinen Fund näher zu untersuchen.

Eguordo kam in den Raum. »Es ist soweit«, flüsterte er. »Ich glaube, jetzt greifen sie uns an.«

9.

Nachdem Stackon mit dem Rest seiner Krieger den ganzen Tag über umhergeirrt war und vergeblich nach Spuren seines Feindes gesucht hatte, richtete er sich in einem Talkessel für die Nacht ein. Er ließ viel mehr Holz sammeln, als er für die Feuer benötigte, um jegliches Risiko auszuschließen, und er wählte darüber hinaus einen Platz, der von drei Seiten von Wasser umgeben war, denn er wußte, daß Wasser ein unüberwindliches Hindernis für die Daquen darstellte.

»Wir sind in einer unangenehmen Lage«, stellte Empos fest, als sie schließlich an einem Feuer saßen.

»Ich bin vollkommen deiner Meinung«, stimmte Stackon zu. »Wir haben die Spur des Monsters verloren, und zurück nach Erz können wir nicht gehen, weil wir den Zorn des Obersten Stifters erregen, wenn wir vor ihn treten, ohne ihm einen Erfolg melden zu können.«

»Und was machen wir?« Der Offizier war sich ebenso wie Stackon darüber klar, daß niemand vorhersehen konnte, wie der Hohepriester reagierte. Wahrscheinlich aber war, daß er schwere Strafen über sie verhängte.

»Ich weiß es nicht.« Stackon war ratlos. Es wurde immer kälter, und von Stunde zu Stunde fiel mehr Schnee. Bald würde es so kalt werden, daß die Gewässer zufroren und sie sich nur noch unter Lebensgefahr draußen aufhalten konnten. Sie würden ihre Handlungsfähigkeit vollends verlieren.

Er rückte ein wenig näher an eines der Feuer heran, um

sich von der Wärme beleben zu lassen. Insgeheim verfluchte er die Stunde, in der er vor den Hohenpriester gerufen worden war und den Auftrag erhalten hatte, die Verfolgung des Monsters aufzunehmen. Warum hatte der Oberste Stifter ausgerechnet jemanden ausgesucht, der bereits durch eine Verletzung geschwächt war? Hätte er nicht jemanden nehmen können, der gesund und stark war?

Stackon wünschte, er wäre niemals zum Steinernen Grabmal gegangen, um dort seiner Ahnen zu gedenken. Er war nicht zu einer Andacht gekommen, weil er schon vorher auf das fremde, vierarmige Wesen gestoßen war.

Eigenartige Laute schreckten ihn auf. Es knallte und krachte. Beunruhigt blickten Stackon und der Offizier sich an. Sie konnten sich die Geräusche nicht erklären. Sie sprangen auf und eilten einige Schritte zur Seite, weil sie meinten, die Richtung ausmachen zu können, aus der die Geräusche kamen.

Das Knallen wurde lauter, und plötzlich tauchte eine Gruppe von kleinen Jouk-Echsen aus dem Dunkel auf. Verblüfft beobachteten Stackon und der Offizier, daß die Tiere durch Lederriemen miteinander verbunden waren und daß sie einen Schlitten schleppten, auf dem ein Mann saß. Er schwang die Peitsche und ließ sie immer wieder laut knallen, um die Tiere anzutreiben.

»Was war das?« fragte Empos verblüfft.

»Ein Mann hat sich von Jouken schleppen lassen«, stammelte Stackon, der noch nie zuvor auf den Gedanken gekommen war, daß es gelingen könnte, die eigenwilligen und sehr kräftigen Jouken-Echsen zu bändigen.

»Er hat uns nicht beachtet. Nicht einen Blick hat er uns gegönnt, sondern so getan, als seien wir gar nicht da«, wunderte sich der Offizier.

Stackon sprang über eines der Feuer und ging zu der Spur, die der Schlitten im Schnee hinterlassen hatte. Er betrachtete sie und deutete dann mit ausgestreckten Armen in die Richtung, in die sie führte.

»Jetzt müssen wir unsere Pläne ändern«, sagte er zu Empos, der im Lager geblieben war und zu ihm herübersah. »Der Fremde fährt genau in Richtung Erz. Er will in die Stadt. Wahrscheinlich ist er ein Feind, der die Stadt vernichten oder wenigstens erobern will.«

»Vielleicht ist es der geheimnisvolle Meister?«

»Durchaus möglich.«

»Wir Soldaten haben immer befürchtet, daß er angreift, wenn es kalt ist, weil wir dann am schwächsten sind.«

»Natürlich ist es meine Pflicht, das Monster weiter zu verfolgen, aber es ist auch meine Pflicht, den Obersten Stifter vor diesem gefährlichen Feind zu warnen. Und da ich die Spur des Monsters verloren habe, muß ich mich für diesen Feind entscheiden. Verstehst du? Ich habe gar keine andere Wahl. Wir müssen zurück nach Erz.«

Empos erfaßte, daß Stackon sehr wohl eine andere Wahl hatte, daß ihm der Fremde auf dem eigenartigen Schlitten aber eine Chance bot, in die Stadt zurückzukehren, ohne dafür vom Obersten Stifter verurteilt zu werden. Ihm war klar, daß der Mann auf dem Schlitten schneller war als sie, und daß sie ihn weder einholen noch überholen konnten. Eine bessere Ausrede für eine Rückkehr aber würden sie nicht erhalten.

»Wie weit ist es bis zur Stadt?« fragte Stackon, der wieder zu Empos ging. Voller Sorge blickte er zum Himmel hinauf. Doch die Sicht reichte nicht weit, es schneite immer stärker.

»In zwei Stunden könnten wir dort sein«, erwiderte der

Offizier. »Wenn wir sofort aufbrechen, sind wir noch vor Mitternacht hinter sicheren Mauern.«

Stackon fürchtete sich vor den Strapazen eines Marsches durch die nächtliche Landschaft, aber weitaus mehr schreckte ihn der Gedanke, die Nacht im Lager verbringen zu müssen und eingeschneit zu werden. Vor den Daquen hatte er keine Angst, denn er war sicher, daß sie vollauf damit beschäftigt waren, die Gefallenen ihres Kampfes gegen die Fremden zu beseitigen. Er entschied sich für die Rückkehr nach Erz.

»Sie sind mir unheimlich, diese Fremden«, sagte Stackon, nachdem er den Kriegern den Befehl zum Aufbruch gegeben hatte. »Sie bewegen sich in dieser Kälte ebenso wie am Tag, wenn es warm ist. Temperaturschwankungen scheinen ihnen nichts auszumachen.«

»Richtig«, gab ihm Empos recht. »Sie sind anderen Blutes. Und an ihrer Spitze steht der Meister.«

Icho Tolot hatte die Warnung des Titaniers vernommen, trat jedoch noch nicht auf den Gang hinaus, sondern öffnete eine Tür der Kammer, die zu einem langgestreckten Raum führte. Etwa fünfzehn Meter von ihm entfernt hingen die Reste seines Kampfanzuges an der Wand. Nur noch Fetzen waren von seiner hochwertigen Ausrüstung geblieben. Brandspuren deuteten darauf hin, daß der Waffenmeister mit einem Energiestrahler auf den Anzug geschossen und ihn zerstört hatte.

Bis zu diesem Augenblick hatte Icho Tolot immer gehofft, daß er diesen wertvollen Teil seiner Ausrüstung unbeschädigt vorfinden würde, in dem Anzug gab es verschiedene syntronische Bauteile, mit deren Hilfe er die HALUTA zu Hilfe rufen konnte.

Damit war seine Lage noch ein wenig schwieriger geworden.

»Diese Narren«, polterte er zornig. »Sie wissen nicht, daß sie den größten Schatz vernichtet haben, den es jemals auf diesem Planeten gegeben hat.«

Mit dem Energiestrahler in der Hand trat er auf den Gang hinaus, der von einem eigenartigen Zischen und Plätschern erfüllt war. Er merkte, daß die Temperatur im Gang deutlich angestiegen war.

»Was ist das?« fragte Eguordo. Er war im höchsten Maße beunruhigt. Nervös eilte er auf dem Gang hin und her.

»Das werden wir gleich sehen.« Icho Tolot drang bis zu der Stelle vor, an der der Waffenmeister geschossen hatte und wo nun ein großes Loch im Boden gähnte. Er sah, daß eine siedend heiße Flüssigkeit über den Gang heranschoß. Sie sprudelte, schäumte und gischtete über die Unebenheiten des Bodens heran.

»Sie schicken uns Öl«, sagte er zu dem Titanier. »Sie wollen uns auskochen!«

»Dann sind wir verloren«, stöhnte Eguordo, der sich nach einer Fluchtmöglichkeit umsah.

»Nur ruhig Blut«, mahnte der Haluter. »Noch ist gar nichts passiert.«

Er zeigte auf das siedende Öl, das den Trichter im Gang des Bodens erreicht hatte und ihn zu füllen begann.

»Der Waffenmeister war so freundlich, für ein großes Loch zu sorgen, in dem sich das Öl sammeln kann«, spottete Icho Tolot, und dann lachte er laut und dröhnend. »Daran haben die da oben nicht gedacht.«

Als der Trichter weitgehend gefüllt war, versiegte der Strom heißen Öls. Auf dem Boden des Ganges blieb ein dünner Ölfilm, der sich nun rasch abkühlte.

»Komm«, forderte Icho Tolot seinen Begleiter auf. »Wir müssen nach oben.«

Er nahm einen kurzen Anlauf und sprang über den ölgefüllten Trichter hinweg. Er landete auf der anderen Seite und rutschte nahezu zwanzig Meter auf dem glatten Boden bis zum Ende des Ganges. Dann drehte er sich um und winkte Eguordo, der es ihm nachmachte und den gefährlichen Trichter ebenfalls mit einem weiten Satz überwand.

»Sie lassen sich garantiert noch mehr einfallen«, sagte er, als er den Haluter erreichte. »Das Öl ist nicht ihre einzige Waffe. Der Oberste Stifter ist ein Meister der lautlosen Waffe. Niemand weiß so gut wie er, wie man aus den Pflanzen unserer Wälder Gase gewinnt, mit denen man seine Feinde besiegen kann. Ich weiß, daß er ein betäubendes Gas hat. Es ist schwerer als Luft, und wenn seine Krieger es nach unten leiten, füllt es alle Gänge und Räume und betäubt jeden, der hier unten ist. Wenn sie uns danach nicht schnell genug herausholen, könnte es sogar tödlich sein.«

»Dann müssen wir uns beeilen«, versetzte der Haluter. Er fürchtete sich nicht vor dem Gas. Notfalls konnte er in seinem Körper soviel Sauerstoff speichern, daß er minutenlang agieren konnte, ohne ein einziges Mal zu atmen. Im Extremfall konnte er sich sogar ohne Schutzanzug bis zu fünf Stunden im Weltraum aufhalten, ohne Schaden zu nehmen. Jetzt aber mußte er auf Eguordo Rücksicht nehmen, für den das Gas eine zu große Gefahr darstellte.

»Wie vereinbart sich das mit den Regeln?« fragte Icho Tolot. »Ich denke, ihr dürft niemanden im Kampf verletzen oder gar töten?«

»Wenn der Kampf unter der Erde stattfindet, gelten

diese Regeln nicht«, belehrte ihn der Titanier. »Außerdem ist Mitternacht vorbei. Und deshalb sind wir seit mehr als zwei Stunden im Monat Yom, in dem es besondere Vorschriften gibt. Wenn du willst, erkläre ich sie dir.«

»Schon gut«, wehrte Icho Tolot ab. »Ich habe seit einiger Zeit begriffen, daß es für alles und jedes Regeln und Vorschriften gibt, die darüber hinaus höchst kompliziert sind. Ich habe nicht vor, auch nur eine von ihnen zu lernen.«

»Das ist auch nicht nötig«, erwiderte Eguordo, »in einigen Tagen gelten sie ohnehin nicht mehr. Der Meister kommt, und wenn er hier ist, gibt es das Reich der Kalten nicht mehr.«

Icho Tolot nickte nur. Er hatte längst erfaßt, um was es ging. Auf dem Planeten hatte es ursprünglich wohl nur ein Volk der Obyeter gegeben. Es waren Kaltblüter, Echsenwesen, deren Körpertemperatur von der Temperatur ihrer Umgebung abhängig war. Irgendwann in der Vergangenheit aber war es auf einem der Kontinente zu einer Mutation gekommen, und homöotherme Obyeter waren entstanden. Die Körpertemperatur dieser Echsen blieb unabhängig von der Außentemperatur konstant, so daß sie im Sommer bei starkem Sonnenschein weder hyperagil wurden, noch im Winter, wenn die Kälte über sie hereinbrach, bis zur absoluten Passivität erstarrten.

Die »anderen Blutes« waren verließen ihren Kontinent und drangen in die Welt der Kaltblüter ein. Sie waren die anpassungsfähigere Lebensform, sie waren das Neue, gegen das die alte Welt der Kaltblüter sich kaum noch zu wehren wußte.

Es war der Sturm der neuen Zeit, der Eguordo und sein Volk aufbrechen ließ, die ganze Welt zu erobern, und es stand außer Zweifel, daß sie den Kampf gewinnen würden. Sie gingen den Weg, den die Natur ihnen aufgezeigt hatte. Er führte in die Zukunft, während der Weg der Stifter in einer Sackgasse enden mußte.

Mit einem Hebel ließ sich das Schott von dieser Seite öffnen, so daß sie nicht durch das Loch kriechen mußten, das der Haluter in die Wand gerissen hatte. Icho Tolot brach eines der erloschenen Deckenelemente herunter, um es als Schild zu nutzen, während er die Treppen hinaufstürmte.

Die Krieger oben an der Treppe brüllten laut, um sich selbst Mut zu machen, und feuerten ihre armbrustähnlichen Waffen auf ihn ab. Eine Serie von gefiederten Pfeilen schlug prasselnd gegen den Schild, konnte ihn jedoch nicht durchdringen.

Als Icho Tolot sich den Obyetern bis auf etwa zehn Meter genähert hatte, erkannten sie, daß sie ihn nicht aufhalten konnten, und wandten sich zur Flucht.

Stackon atmete auf, als die Mauern der Stadt Erz in Sicht kamen. Nur noch mühsam schleppte er sich voran, und er mußte immer wieder eine Kleinigkeit essen, um überhaupt durchhalten zu können. Empos und den Kriegern ging es nicht anders als ihm, obwohl sie nicht unter den Folgen einer Verwundung litten.

Empos blieb stehen, weil die Schlittenspur plötzlich abbog und nicht mehr in direkter Richtung zur Stadt führte.

»Weiter«, drängte Stackon. »Es ist mir egal, wohin der Mann gefahren ist. Ich will in die Stadt, wo es warm ist.«

Sie kämpften sich durch den immer tiefer werdenden Schnee, bis sie die Stadt erreichten. Erschauernd bemerkte Stackon die Spuren der Daquen, die überall zu sehen waren. Die gefräßigen Tiere selbst hatten sich jedoch zurückgezogen.

»Wer bist du, Fremder?« hallte es von oben herab. »Und woher des Wegs?«

Stackon war zu erschöpft, um antworten zu können.

»Empos, Offizier im Dienste des Obersten Stifters!« rief der Soldat an seiner Seite. »Geboren in der Stadt hinter diesen Mauern, genannt Erz. Als Offizier bin ich ausgezogen, einen Feind des Obersten Stifters zu verfolgen. Enta, der Hohepriester der Stiftung, ist mein Zeuge. Er wird bestätigen, daß ich in dieser Stadt geboren bin und stets meine Steuern pflichtgetreu beglichen habe.«

Der Wächter verzichtete auf eine Erwiderung und öffnete schweigend das Tor. Die Kälte dämpfte seinen Eifer, und er verspürte sicher keine Lust, das Tor-Ritual weiter als notwendig auszudehnen.

Stackon schleppte sich durch das Tor und machte sich auf den Weg zum Tempel. Er hatte Mühe, seine Gedanken zusammenzuhalten und nicht zu vergessen, daß er in die Stadt zurückgekehrt war, um den Hohenpriester vor einer geheimnisvollen Gestalt auf einem Schlitten zu warnen.

Als er den Tempel erreichte, sah er, daß sich hundert Soldaten davor versammelt hatten. Er gesellte sich zu ihnen und fragte sie, weshalb sie da waren. Sie antworteten ihm, und es verschlug ihm die Sprache. Er wollte zuerst nicht glauben, daß der verfolgte Haluter im Tempel war und daß er somit einem Phantom nachgejagt war.

»Wir hätten noch tagelang da draußen suchen können«, sagte Empos, der ihn begleitete. »Unsere Opfer waren nichts wert.«

Stackon drängte sich durch die Gruppe der Soldaten

und betrat den Tempel. Ein Tempelwächter empfing ihn und führte ihn nach kurzem Disput zum Hohenpriester, der sich wiederum in dem kleinen Raum befand, in dem er schon einmal mit ihm gesprochen hatte. Enta saß hinter dem Vorhang verborgen; nur die Krallen seiner Füße waren zu sehen. Sie ragten unter dem Saum des Vorhangs hervor. Mit knappen Worten und voller Ehrfurcht berichtete Stackon, was geschehen war.

»Es ist gut, daß du zurückgekommen bist«, sagte der Oberste Stifter. »Es war wichtig, mir den Feind zu melden. Das Monster ist bei uns im Tempel. Doch deine Arbeit ist getan. Meine Krieger werden es erledigen. Und wenn sie es nicht schaffen, werde ich es tun. Gib mir die Waffe!«

Stackon überreichte dem Tempelwächter die hammerförmige Waffe; er war froh darüber, daß er sie nicht länger bei sich tragen mußte. Sie war ihm von Anfang an unheimlich gewesen.

»Geh jetzt und ruh dich aus!« befahl der Hohepriester. »In ein paar Tagen werde ich dich noch einmal zu mir rufen. Dann werde ich neue Aufgaben für dich haben. Du wirst zufrieden sein.«

Der Wächter übergab dem Obersten Stifter die Waffe, indem er sie unter dem Vorhang hindurchschob, und Stackon verließ den Tempel. Er trat in die Kälte hinaus und machte sich auf den Weg zu seinem Haus. Er freute sich auf die belebende Wärme und auf die Gespräche mit seiner Frau.

Auf halbem Wege blieb er stehen, weil er Schreie vom Stadttor her vernahm. Neugierig stapfte er durch den Schnee bis zu einer Gasse hinüber, durch die er das Tor sehen konnte. Erschrocken stellte Stackon fest, daß es geöffnet war. Mehrere Männer hielten sich am Tor und auf der Mauerkrone auf. Sie bewegten sich schnell und leichtfüßig. Zwei von ihnen warfen den Leichnam eines Wächters von der Mauer auf das Vorfeld der Stadt hinab. Er war offenbar bei einem Kampf getötet worden.

Doch das war es nicht, was bei Stackon blankes Entsetzen auslöste. Viel schlimmer war, daß sich Hunderte von Daquen durch das offene Tor hineindrängten und in den Gassen der Stadt verteilten. Sie waren ebenso flink und beweglich wie die Männer am Tor. Zunächst weigerte sich sein Verstand, die schreckliche Wahrzeit zu akzeptieren, doch je länger er wie angewurzelt auf der Stelle stand, desto deutlicher wurde ihm bewußt, was er bisher verdrängt hatte.

Es gab nicht nur Obyeter, die anderen Blutes waren! Es gab auch Daquen, die anderen Blutes waren! Die Kälte machte ihnen nichts aus. Sie lähmte sie nicht. Sie blieben trotz der Kälte so aktiv, wie sie es eigentlich nur an sonnenwarmen Tagen hätten sein dürfen!

Das ist das Ende! erkannte er.

Ein in Pelze gehüllter Mann trat aus dem Schatten eines Hauses auf ihn zu.

»Sieh doch«, stammelte Stackon. »Daquen kommen in die Stadt. Sie sind flink. Sie bewegen sich, als ob es warm wäre. Sie werden uns alle töten.«

»Das ist nun mal so«, versetzte der andere. »Alles geht irgendwann einmal zu Ende, damit das Neue Fuß fassen kann.« Ein Messer blitzte in seiner Hand auf.

Stackon erfaßte, was ihm drohte. Er wollte ausweichen, aber er war viel zu langsam für seinen wendigen und geschickten Gegner. Bis seine Nerven umsetzen konnten, was er wollte, und bis seine von der Kälte starren Muskeln reagierten, war schon alles vorbei. Er fühlte gar nichts. Er bemerkte nur einen leichten Stoß in der Herzgegend. Dann wurde es dunkel vor seinen Augen. Er stürzte in den Schnee, und sein letzter Gedanke galt seiner Frau, der er nun nicht mehr sagen konnte, daß er vorzeitig heimgekehrt war.

Icho Tolot ließ sich durch nichts aufhalten, weder durch einen Pfeilhagel noch durch die einsetzende Flucht seiner Gegner, die ihm durchaus eine langsamere Gangart erlaubt hätten. Er stürmte die Treppe hoch bis zu ihrem Ende und fegte mit ein paar Armbewegungen hinweg, wer sich ihm noch in den Weg stellte. Er entwickelte ungeheuerliche Kräfte, und obwohl seine Gegner ebenso schwer waren wie er, konnten sie sich nicht gegen ihn behaupten und stürzten hilflos die Treppe hinunter. Eguordo hatte Mühe, ihnen auszuweichen. Er hetzte die Stufen hoch, bis er zu dem Haluter aufgeschlossen hatte.

»Machst du das immer so?« fragte der Titanier heftig atmend.

Icho Tolot blickte ihn erstaunt an. »Ich verstehe dich nicht. Was meinst du?«

»Ich wollte wissen, ob du immer so kämpfst!« verdeutlichte er und fuhr dann erschrocken zurück, weil der Haluter in einer Art und Weise lachte, die den Tempel zum Einsturz zu bringen drohte.

»Das nennst du Kampf?« dröhnte er. »Mein Freund, du solltest mich einmal sehen, wenn ich wirklich kämpfe!« Doch dann wurde er ernst. »Wo ist der Oberste Stifter?« fragte er.

»Was willst du von ihm?« gab Eguordo zurück. »Haben wir nicht schon genug erreicht? Laß uns fliehen!«

»Ich will wissen, ob es noch mehr Dinge gibt, die für mich von Interesse sind.«

Der Titanier erkannte, daß er seinen mächtigen Freund nicht zur Flucht überreden konnte, und er gab ohne jeden weiteren Widerspruch auf. Stumm zeigte er an, in welche Richtung sie gehen mußten.

Icho Tolot zögerte nicht. Er rannte einen Gang entlang bis zu einer breiten Tür. Mit einem Fußtritt stieß er sie auf. Danach blieben ihm nur noch Bruchteile von Sekunden, sein Leben und das Eguordos zu retten.

Er sah den Vorhang und die Füße, die darunter hervorragten, und von den Erzählungen Eguordos wußte er, daß der Oberste Stifter hinter dem Vorhang saß.

Mit Hilfe seiner infrarotempfindlichen Augen konnte er zudem buchstäblich durch den Vorhang sehen. Er erkannte, daß die Füße unter dem Vorhang keine Wärme abstrahlten. Sie gehörten nicht zu irgend jemandem. Es waren nur Füße – mehr nicht! Der Hohepriester hatte sie zur Täuschung an den Vorhang gestellt, damit alle Besucher glauben sollten, daß er an dieser Stelle saß.

Tatsächlich aber lauerte er einige Meter davon entfernt hinter dem Vorhang. Er lag in einer Art Wanne, in der Icho Tolot einige Wärmeflecke ausmachen konnte. Doch sie interessierten ihn nur am Rande. In der rechten Hand des Stifters schien eine Sonne zu glühen!

Der Haluter bemerkte es, und zugleich fiel ihm ein eigenartiger Geruch auf. Es war der gleiche Geruch, dem er im Steinernen Grabmal begegnet war!

Mit einem Schlag war ihm klar, was der Geruch zu bedeuten hatte. Er war mit einem Gas verbunden, das irgendwo ausströmte und einen verheerenden Einfluß auf sein Planhirn hatte. Dieses Gas war wohl dafür verantwortlich, daß er die Fähigkeit verloren hatte, seine Molekularstruktur zu verändern!

Er mußte sich dem Einfluß des Gases entziehen, um eine noch schlimmere Wirkung zu verhindern. Kaum ein anderes Lebewesen wäre in der Lage gewesen, in so unglaublich kurzer Zeit eine Gefahr und die sich daraus ableitenden Zusammenhänge zu erkennen und zugleich entsprechend den Notwendigkeiten zu handeln.

Tolot reagierte schneller als es jeder Titanier vermocht hätte. Selbst ein warmblütiger Obyeter wäre nicht zu einer solchen Reaktion fähig gewesen.

Er schaltete sein Antigravgerät ein und warf sich gleichzeitig in den Gang zurück. Mit erheblicher Beschleunigung flog er zum Ausgangspunkt seines Vorstoßes gegen den Hohenpriester zurück, wo Eguordo noch immer stand. Er packte ihn buchstäblich im Vorbeifliegen, und obwohl sein obyetischer Freund etwa die gleiche Körpermasse wie er hatte, riß er ihn mit unwiderstehlicher Gewalt mit.

Der Haluter atmete nicht mehr, sondern versorgte sich auf andere Weise mit dem nötigen Sauerstoff. Während er mit Eguordo zur Stadt zurückgekehrt war, hatte er verschiedene Pflanzen gegessen. Mit Hilfe seines besonderen Metabolismus hatte er sie zerlegt und gewann nun den Sauerstoff daraus.

Dann brach das Unheil auch schon über den Tempel herein. Der Oberste Stifter löste hinter dem Vorhang den Energiestrahler aus. Eine blau leuchtende Energieflut raste aus der Waffe, verwandelte den Vorhang augenblicklich in wabernde Glut, durchquerte den zentralen Tempelraum und schlug an der Stelle ein, an der Icho Tolot noch Bruchteile von Sekunden zuvor gestanden hatte.

Der Hohepriester war ungeübt im Gebrauch der Waffe, und er konnte ihre Wirkung nicht abschätzen. Einen so ungenauen Schuß hätte er nicht abgeben dürfen. Eine Wand des Tempels brach ein, große Steine lösten sich aus der Dachkonstruktion des Bauwerks. Polternd stürzten sie herab.

In einer solchen Situation hätte jeder andere die Flucht ergriffen und sich in Sicherheit gebracht. Nicht so Icho Tolot. Der Haluter war sich dessen bewußt, daß er es mit einem langsam reagierenden Gegner zu tun hatte. Der Schuß aus dem Energiestrahler hatte die Temperatur im Tempel zwar kräftig ansteigen lassen, doch in so kurzer Zeit konnten sich die Muskeln Entas nicht beleben. Er stieß Eguordo ins Freie, warf sich erneut herum und raste in den Tempel zurück. Geschickt wich er herabstürzenden Steinen aus. Durch aufwirbelnden Staub sah er Enta.

Der Hohepriester kauerte auf einer flachen Wanne voller Eier, aus denen eine Reihe von Jungtieren ausgeschlüpft war. Der Oberste Stifter war kein Mann, sondern eine Frau!

In der Hand hielt Enta die Waffe, doch der Projektor zeigte nach unten. Wie gelähmt kauerte sie auf der Brut der jungen Titanier und hielt schützend einen Arm über den Kopf, um herabfallende Trümmer von sich abzuhalten.

»Die Waffe weg!« rief Icho Tolot ihr zu.

Sie wandte sich zu ihm um.

»Das Ende ist nicht mehr aufzuhalten«, sagte sie. »Wir haben uns überlebt. Dem Neuen sind wir nicht gewachsen.«

»Die Waffe weg!« befahl der Haluter, während er sich ihr langsam näherte. Mit einer freien Hand nahm er einen

Stein auf. »Ich habe nicht vor, dich zu töten. Ich brauche Auskünfte. Ich bin nicht hier, um dich zu stürzen, sondern weil ich Informationen über jene Wesen will, die diese Waffen hinterlassen haben.«

Sie hob die Waffe, richtete sie jedoch nicht gegen Icho Tolot, sondern gegen ihren eigenen Kopf.

»Nicht!« rief der Haluter. »Du und dein Volk werden leben. Es ist Platz genug für alle auf diesem Planeten.«

Enta hörte nicht auf ihn. Sie löste die Waffe aus und tötete sich selbst. Ihr Leichnam fiel auf die Eier und auf die geschlüpften Jungen und tötete viele von ihnen, und aus der Dachkonstruktion lösten sich weitere Trümmerstükke. Sie stürzten auf die Tote sowie die Brut und vernichteten, was bis dahin überlebt hatte.

Icho Tolot kam zu spät. Er versuchte, noch etwas zu retten, doch mehr und mehr Trümmerstücke fielen herab und begruben die Oberste Stifterin und die ihr anvertraute Brut unter sich.

Aus den Trümmern ragte die Hand der Obyeterin mit dem Energiestrahler hervor. Icho Tolot beugte sich über sie und nahm die Waffe an sich.

Er trat einige Schritte zurück, überlegte kurz und entfernte die Batterie aus dem Energiestrahler. Dann ließ er die Waffe auf den Boden fallen und zerstörte sie mit einem kräftigen Fußtritt. Er wollte nicht, daß ein solches Machtinstrument in die Hände der einen oder der anderen Partei geriet, die um die Zukunft des Planeten kämpften.

Die Obyeter sollten ihren eigenen Weg gehen, unbeeinflußt von einer Waffe, mit der notfalls die ganze Welt zu beherrschen war.

10.

In den Mauern des Tempels knirschte es verdächtig, und der Haluter beschloß, nach draußen zu gehen. Nach wie vor atmete er nicht ein, da er noch immer das für ihn gefährliche Gas in der Nase spürte. Erst als er den Tempel verließ und auf den schneebedeckten Vorplatz hinaustrat, begann er wieder zu atmen. Er pumpte die kalte Luft in sich hinein.

In vielen Teilen der Stadt brannte es. Er sah die Flammen über die Dächer der Häuser aufsteigen. Hoch oben auf einem der turmartigen Bauten rissen mehrere Männer das Gerüst mit den drei augenartigen Scheiben ab und stürzten es in die Tiefe. Für sie war es ein Symbol der Macht der Stifter, und damit sollte es nun zu Ende sein. Im Schnee vor dem Tempel lagen mehrere Tote, und aus verschiedenen Richtungen näherten sich Daquen in unverkennbarer Absicht.

Eguordo eilte quer über den Platz zu ihm hin, und während Icho Tolot ihm einige Schritte entgegenging, brach die Dachkonstruktion des Tempels zusammen.

»Du mußt verschwinden!« rief Eguordo. Sein Atem ging schnell und keuchend.

Der Haluter blickte ihn erstaunt an. Er lachte.

»Warum sollte ich? Die alte Welt ist zusammengebrochen.«

»Und die neue Welt etabliert sich«, ergänzte der Obyeter. »Doch das geht nicht ohne Ungerechtigkeiten und ohne Gewalt ab. Meine Leute töten jetzt alle, die nicht ihres Blutes sind. Ich habe vergeblich versucht, sie daran zu hindern.«

»Führe mich zu deinen Leuten«, bat Icho Tolot. »Die Gewalt muß ein Ende haben. Sie ist ein Armutszeugnis für euch alle.«

Eguordo hob abwehrend beide Hände. »Verstehst du denn nicht, mein Freund?« fragte er. »Die Gewalt richtet sich gegen alle, die nicht unseres Blutes sind.«

»Ich habe verstanden, und ich sage, daß ihr nicht töten dürft. Tod und Gewalt können niemals das Fundament einer neuen Gesellschaft sein.«

»Nein«, stimmte der Obyeter zu, und jetzt griff er nach den Armen des Haluters. »Du darfst nicht zu meinen Leuten gehen, denn auch du bist nicht unseren Blutes!«

Jetzt endlich begriff der Haluter, weshalb Eguordo so besorgt war.

»Die Stadt Erz ist eine der letzten Städte, die gefallen sind«, erklärte der Titanier. »Ich habe eben erst erfahren, daß meine Leute überall auf dieser Welt zugeschlagen haben. Die Gesellschaft der Stifter ist völlig zusammengebrochen. Ihre Welt ist untergegangen, und meine Leute haben sich in einen wahren Rausch hineingesteigert. Sie sind wie von Sinnen, und ich fürchte, niemand kann sie aufhalten, bis es keine Obyeter mehr gibt, die kalten Blutes sind.«

Icho Tolot wollte diesem Blutbad nicht tatenlos zusehen. Verzweifelt überlegte er, was er tun konnte. Er mußte an die HALUTA denken. Mit ihrer Hilfe hätte er die Orgie der Gewalt stoppen können, doch sie war unerreichbar für ihn. Er konnte sie nicht herbeirufen und Eguordos Leuten mit einer kurzen Demonstration seiner Bordwaffen zeigen, über welche Macht er verfügte.

Jetzt bekam der Name Titanic für diese Welt plötzlich eine geradezu unheimliche Bedeutung. Die Welt, die er bei seiner Ankunft angetroffen hatte, ging unter. Sie war am kalten Blut gescheitert, und eine neue, verbesserte Lebensform setzte sich durch. Der Untergang war mit zahllosen Opfern verbunden, und es mochte symptomatisch sein, daß er ausgerechnet in der kalten Jahreszeit stattfand, in der die Stiftergesellschaft ohnehin nicht in der Lage war, sich ausreichend zu verteidigen.

»Ich weiß mich zu wehren«, sagte er zu Eguordo. »Schnell! Führe mich zu deinen Leuten. Es darf kein Blutbad geben.«

»Bitte, sei vernünftig«, flehte Eguordo. »Ich kann dich nicht beschützen. Du mußt fliehen.«

»Wohin denn?« entgegnete der Haluter. Er zeigte in den nächtlichen Himmel hinauf. »Mein Raumschiff ist dort oben. Es ist vorläufig unerreichbar für mich. Aber wenn ich ein paar Tage Zeit habe, werde ich ein Funkgerät bauen, mit dem ich das Schiff zu Hilfe rufen kann.«

»Zu spät!« stöhnte der Titanier. »Der Meister kommt.«

Durch eine der Gasse näherte sich eine auffallende Gestalt. Sie war in dicke Pelze gehüllt, und zwei breite Metallbänder umspannten den muskulösen Hals. In respektvollem Abstand von einigen Metern folgte ihr eine ganze Gruppe von Obyetern. Die Art, in der sich alle bewegten, ließ keinen Zweifel daran, daß es Warmblüter waren, die durch die Kälte nicht beeinträchtigt wurden.

Als der Meister – offenbar der Anführer der angreifenden Truppen – vor Icho Tolot stehenblieb, glitten die Pelze über seiner Brust auseinander. Der Haluter sah den handlichen Energiestrahler, der ihm abhanden gekommen war, in einer Gürteltasche des Meisters stecken.

Der Meister blieb vor ihm stehen und musterte ihn mit verengten Augen.

»Er ist ein Freund«, sagte Eguordo. »Er hat viel für unser Volk getan, und er hat Enta getötet. Es wäre falsch, ihn als Feind zu behandeln.«

»Er ist anderen Blutes als wir.« Der Meister begleitete seine Worte mit feindseligen Gesten. »Er hat in der Neuen Welt nichts verloren.«

Mehrere Obyeter stürzten sich auf Icho Tolot. Einer von ihnen entriß ihm den Energiestrahler, den er dem Waffenmeister abgenommen hatte. Er wehrte sich verzweifelt gegen die Übermacht, mußte am Ende jedoch nachgeben. Da er nicht bereit war, irgendeinen seiner Gegner zu verletzen, blieb ihm nichts anderes als die Kapitulation.

»Welch ein Anfang!« rief er dem Meister zu. »Du kämpfst nicht mit den Waffen des Geistes um eine neue Welt, sondern mit dem Messer in der Hand oder mit der blanken Faust. Soll Gewalt das Fundament der Welt werden, in der dein Volk leben soll? Wenn du dich dafür entschieden hast, wird es bald ebenso untergehen wie das Volk der Stifter.«

»Du hast kein Recht, so mit mir zu reden, Fremder«, erwiderte der Meister.

»Oh, doch, das habe ich! Du kämpfst gegen jene, die anderen Blutes sind als ihr. Das ist wohl nicht zu ändern. Doch wie gehst du gegen sie vor? Sie hatten Rituale entwickelt und Gesetze erlassen, nach denen niemand den anderen töten kann. Jeder Kampf ist nach einer bestimmten Phase vorbei. Es genügt, den Gegner mit einer Feder zu streifen oder zu berühren, um ihn zu besiegen. Das weißt du ebenso wie ich. Doch damit begnügst du dich nicht. Du ermordest das Volk der Stifter.«

»Du sprichst von Mord?« Der Meister trat zornig an ihn heran und drückte ihm die Kralle eines ausgestreckten Fingers gegen die Brust. »Du selbst hast einen von uns getötet. Du warst erst für ein paar Atemzüge auf unserer Welt, hast aber unsere geheiligten Gefühle beleidigt und einen der Edelsten aus meinem Volk ermordet.«

Icho Tolot erfaßte augenblicklich, was sein Gegenüber meinte. Er erinnerte sich nur zu gut an die Landung mit dem Beiboot bei dem Steinernen Grabmal und an seine erste Begegnung mit einem Obyeter. Längst war ihm klar geworden, daß der eine ein Warmblüter gewesen war, während Stackon der Welt der Stifter angehört hatte. Das war schon an den Zähnen zu erkennen gewesen. Während Stackon scharfe und lange Eckzähne, fast schon Reißzähne wie ein Raubtier gehabt hatte, waren die Zähne des anderen Echsenwesens deutlich kleiner und die Eckzähne waren winzig gewesen.

»Ich habe ihn nicht getötet«, sagte Tolot.

»Du hast es getan«, beharrte der Meister auf seiner Meinung. »Er ist in deinem Werkzeug verbrannt, weil du es so gewollt hast.«

»Dummkopf«, fuhr der Haluter ihn an. »Der Bursche war töricht genug, im Leitstand des Beibootes herumzuspielen und mit seinen Klauen die Instrumente aufzureißen. Er hat erst einen Kurzschluß und dann eine Kettenreaktion ausgelöst, an deren Ende eine Explosion stand. Wenn du nur ein bißchen Verstand im Kopf hättest, würdest zu begreifen, daß er an seinem Ende selbst schuld ist.«

Das waren starke Worte. Eguordo hielt erschrocken den Atem an, und die Krieger des Meisters beschimpften den Haluter. Der Anführer der Obyeter griff nach dem Energiestrahler in seinem Gürtel.

»Und ein Dieb bist du obendrein«, beschuldigte ihn Icho Tolot. »Das ist meine Waffe. Du hast sie mir gestohlen.«

»Ein Mann, der dumm genug ist, mit dem Kopf gegen die Stadtmauer zu rennen, hat kein Recht, mir so etwas zu sagen«, entgegnete der Meister. »Gebt ihm eure Messer. Er ist des Todes!«

»Nein!« schrie Eguordo. Schützend stellte er sich vor Icho Tolot.

»Ich hatte mir einen anderen Abschied gewünscht, Eguordo«, sagte der Haluter. »Sieh zu, daß du den Kopf oben behältst.«

Damit warf er sich zur Seite, und mit einer gewaltigen Kraftanstrengung schleuderte er zwei der Krieger auf den Meister. Im Pulk stürzten alle drei zu Boden, so daß der Anführer der Obyeter seinen Energiestrahler nicht ziehen konnte.

Die anderen Kämpfer reagierten schnell. Sie stürzten sich auf den Haluter und versuchten, ihn mit Faustschlägen zu überwältigen. Er wehrte sich und teilte entsprechend aus. Doch dabei stellte er sich ihnen nicht, sondern verfolgte nur das Ziel, so schnell wie möglich auszubrechen. Sie schlugen auf ihn ein und rissen ihm seinen ohnehin weitgehend zerstörten Schutzanzug vom Leib, bis er nur noch Reste eines Gürtels trug.

Tolot zögerte nicht, seine vollen Kräfte einzusetzen, denn es ging um Bruchteile von Sekunden. Wenn es dem Meister gelang, wieder auf die Beine zu kommen und den Energiestrahler einzusetzen, waren alle Chancen verspielt.

Nachdem er sich ein wenig Luft verschafft hatte, ließ sich der Haluter auf die Laufarme herabfallen und brach mit dem Kopf voran durch die Meute der Krieger. Während die in vorderer Linie stehenden Männer noch auf ihn einschlugen oder mit Messern nach ihm stachen, überraschte er diejenigen, die weiter hinten standen. Mit kräftigen Kopfbewegungen schleuderte er sie über sich hinweg, durchbrach auf diese Weise die Mauer der Echsenwesen und hatte plötzlich niemanden mehr vor sich. Er beschleunigte und erreichte schon bald seine höchste Geschwindigkeit. Mit wirbelnden Armen und Beinen rannte er durch die Gasse auf die Stadtmauer zu.

»Zur Seite!« brüllte der Meister mit schriller, sich überschlagender Stimme.

Icho Tolot streckte sich. Jetzt befand er sich in höchster Gefahr. Bisher hatten ihn nur die Fäuste und die Messer der Krieger bedroht, nun aber konnte der Meister schießen, ohne dabei einen seiner Männer zu gefährden.

Der Haluter schlug mehrere Haken, und dann blitzte es auf. Ein nadelfeiner Energiestrahl zuckte an ihm vorbei und schlug vor ihm in die Stadtmauer. Ein rotglühender Fleck entstand in dem Bauwerk, und Tropfen in der Hitze verflüssigter Materie spritzten nach allen Seiten davon.

Icho Tolot erkannte, daß es unmöglich für ihn war, sich durch das Tor zu retten. Er wich zur Seite aus und sprang in den Schutz eines Hauses. Nun feuerte der Meister Schuß auf Schuß ab. Gleißend helle Energiestrahlen zuckten durch die Nacht und schlugen in der Mauer und in den angrenzenden Häusern ein, und explosionsartig breitete sich Hitze aus. Eines der Häuser ging in Flammen auf, und der Schnee schmolz. Schreiend vor Angst und Schreck sprangen einige Krieger des Meisters von der Mauer, um sich vor dem Energiefeuer in Sicherheit zu bringen.

Icho Tolot griff nach seinem Gürtel und wollte das

Antigravgerät einschalten. Seine Hand glitt ins Leere. Das Gerät war nicht mehr da!

Ärgerlich wollte er den Gürtel herunterreißen und die Reste von sich werfen, als er sich an die Scheibchen erinnerte, die er aus der Kammer des Waffenmeisters geborgen hatte. Er suchte nach ihnen und stellte erleichtert fest, daß er noch eines von ihnen besaß. Er nahm es in die Hand und umschloß es, um es auf diese Weise zu sichern.

Er lief an der Mauer entlang, blieb mehrmals stehen, wenn er Gruppen von Kriegern bemerkte, und stellte sich in den Schatten der Häuser. Dann entdeckte er einen Aufgang zur Mauer, stürmte ihn hinauf, stieß zwei Obyeter zur Seite, die sich ihm überraschend entgegenwarfen, und sprang auf der anderen Seite der Mauer hinunter. Zwischen einigen laut kreischenden Daquen kam er auf. Sie flüchteten vor ihm, und er hörte, wie hoch über ihm armbrustähnliche Waffen gespannt wurden.

Icho Tolot flüchtete auf die Ebene vor der Stadt hinaus, und dabei war er so schnell, daß die Geschosse der Krieger ihn nicht mehr erreichten. Sie fielen klatschend hinter ihm in den Schnee.

Als er sich etwa zweihundert Meter von der Stadt entfernt hatte, blieb er stehen und drehte sich um. Jetzt standen deutlich mehr Häuser in Flammen als zuvor. Die Eroberer legten es nicht darauf an, die Stadt möglichst unversehrt in die Hand zu bekommen. Sie zerstörten sie und hatten offenbar vor, sie bis auf die Grundmauern niederzubrennen.

»Schade«, sagte der Zellaktivatorträger. »Warum können nicht alle so vernünftig sein wie Eguordo.«

Auf der Mauer blitzte es auf, dann fauchte ein Energiestrahl an ihm vorbei. Er schlug nur wenige Meter von ihm entfernt in den Boden. Flüssige Glut spritzte in die Höhe, und eine Dampfwolke breitete sich explosionsartig aus. Erschrocken warf Icho Tolot sich herum und setzte seine Flucht fort. Er hatte nicht damit gerechnet, daß der Meister so hartnäckig war.

Doch nun verließ er den Schußbereich, so daß der Obyeter ihn nicht mehr gefährden konnte.

Seine Mission auf diesem Planeten war gründlich gescheitert. Innerhalb von wenigen Tagen war eine Kultur zusammengebrochen, und er würde nicht mehr verfolgen können, ob und wie sich eine neue aufbaute. Viele Jahre konnten vergehen, bis das Chaos überwunden war, das durch die Gewalttaten des Meisters und seiner Gefolgsleute entstanden war.

Für einen kurzen Moment spielte Icho Tolot mit dem Gedanken, auf dem Planeten zu bleiben und den Obyetern beim Aufbau ihrer neuen Welt zu helfen. Die Versuchung war da, doch er überwand sie. Es war nicht seine Aufgabe, Entwicklungshelfer einer neuen Kultur zu werden, und es wäre nicht richtig gewesen, die Obyeter mit Ideen zu konfrontieren, für die sie noch nicht reif waren.

Sie mußten ihre neue Welt selbst und möglichst ohne Einfluß von außen entwickeln, damit sie Bestand hatte, und damit sie von ihnen selbst akzeptiert wurde. Sein Einfluß konnte leicht ins Negative umschlagen.

Er war sich darüber klar, daß allein seine Anwesenheit auf diesem Planeten Spuren hinterließ und Einflüsse bewirkte, die zu Fehlentwicklungen führen konnten. Für die Obyeter und ihre Zukunft wäre es besser gewesen, wenn er nicht ausgerechnet in dieser Phase der Ereignisse auf ihre Welt gekommen wäre.

Neben einer Felsnadel, in deren Höhlungen sich der Wind fing und eigenartige Töne erzeugte, blieb der Haluter stehen.

Du tust gerade so, als ob du die Möglichkeit hättest, Titanic zu verlassen! warf er sich vor. *Doch das kannst du nicht. Du bist gefangen auf dieser Welt, solange du die HALUTA nicht verständigen kannst.*

Er mußte sich wohl ober übel auf dieser Welt einrichten. Daher war es auch richtig, sich zu überlegen, wie er sich gegenüber den Obyetern verhalten sollte. Er mußte sich den Problemen stellen, ob es ihm gefiel oder nicht.

Er schlug mit einer Faust gegen die Felsnadel und ging dann nachdenklich weiter. In seiner Nähe tauchten einige Daquen auf, doch er fürchtete sich nicht vor ihnen. Er war sicher, daß er ihnen entkommen konnte, solange sie nicht in zu großen Massen auftraten.

Um für den Fall eines Angriffs eine entsprechende Fluchtmöglichkeit zu haben, näherte er sich einem kleinen Fluß und ging an seinem Ufer entlang. Er wollte notfalls ins Wasser laufen, und er hoffte, daß die Tiere ihm dorthin nicht folgten. Es schneite, und seine Spur war deutlich zu sehen.

Doch von seiner einmal eingeschlagenen Richtung wich er nicht ab. Sie führte ihn zum Steinernen Grabmal. Die Zahl der Daquen wuchs, und ihm fiel auf, daß mehrere Tiere im Abstand von etwa fünfzig Metern parallel zu ihm liefen.

Sie formierten sich zum Angriff!

In der Hoffnung, irgendwo in der Nähe eine Höhle zu finden, blickte er sich um. Doch er wurde enttäuscht. Es gab keinen derartigen Unterschlupf.

Er blieb stehen. Unwillig schüttelte er den Kopf.

Was half ihm eine Höhle, wenn er kein Holz hatte, mit dem er eine brennende Barriere errichten konnte?

Er blickte an den Felsnadeln hoch. War es sinnvoll, an ihnen hochzuklettern, um irgendwo hoch oben den Tag abzuwarten?

Die Daquen würden ihm folgen. Die langen Krallen an den Zehen wiesen darauf hin, daß sie gute Kletterer waren.

Blieb seine Geschwindigkeit.

Waren die Daquen so behende und ausdauernd, daß sie mit ihm Schritt halten konnten?

Er schob das geborgene Plättchen mit den Informationen unter seine Zunge, ließ sich auf die Laufarme herabfallen und stürmte los. Trotz der Dunkelheit hatte er keine Schwierigkeiten, sich zu orientieren. So hetzte er über Lichtungen, durchbrach dichte Büsche, schnellte sich über Felswälle und Bäche hinweg und erreichte dabei eine Geschwindigkeit von beinahe 120 Stundenkilometern.

Nach etwas mehr als zehn Minuten hatte er einen hohen Hügel erreicht, von dem aus er weit über das Land sehen konnte. Er blieb stehen, richtete sich auf und blickte sich um.

Die Landschaft war auch hier von den Felsnadeln geprägt. Etwa zehn Kilometer von ihm entfernt erhob sich das Steinerne Grabmal über die Bäume seiner Umgebung. Doch darauf achtete der Haluter nur am Rande. Mit Hilfe seiner infrarotempfindlichen Augen suchte er nach Daquen – und fand sie. Weit über das Land verstreut eilten sie etwa einen Kilometer von ihm entfernt hinter ihm her. Sie folgten exakt der Richtung, die er eingeschlagen hatte, und wenn er irgendwo von ihr abgewichen war, dann taten sie das bei ihrer Verfolgung auch. Und nicht nur die

Daquen, die sich an seine Spur hielten, taten es, sondern auch diejenigen, die in hundert Metern Entfernung oder mehr neben seiner Spur herliefen. Er erkannte, daß sie sich miteinander verständigen konnten.

Sie waren nicht so schnell wie er, doch sie waren hartnäckig und bewegten sich mit gleichmäßiger Geschwindigkeit voran. Wenn er seine Flucht nicht fortsetzte, würden sie ihn früher oder später einholen.

Doch nicht nur diese Erkenntnis alarmierte ihn. Beunruhigender noch war, daß ihre Zahl angestiegen war. Und auch damit noch nicht genug.

Am Horizont entdeckte er viele Wärmepunkte, die sich alle in seine Richtung bewegten!

Auch die Obyeter hatten die Verfolgung aufgenommen. Sie begnügten sich nicht damit, daß er aus der Stadt geflohen war. Sie wollten ihn stellen und vernichten.

Icho Tolot verharrte lange Minuten auf dem Hügel, während die kleinen Raubtiere ihm näher und näher kamen. Auch die Obyeter rückten schnell heran, und bald waren sie nicht mehr Wärmepunkte, sondern klar für ihn zu erkennenn. Dabei wurde immer deutlicher, daß es eine Verständigung zwischen den Daquen und den Obyetern gab. Die kleinen Raubtiere waren die Späher, und zugleich waren sie wie Hunde, die das Wild hetzten, bis es zu erschöpft war, um weiterlaufen zu können, so daß es nur noch auf den Jäger und den Todesschuß warten konnte.

Dabei bewiesen die Daquen erstaunliche Intelligenz. Sie wechselten sich ab bei der Jagd. Icho Tolot konnte beobachten, daß einige Tiere sich für lange Minuten an der Spitze der Verfolgermeute hielten, sich dann jedoch zurückfallen ließen, um anderen Platz zu machen. Auf diese Weise vermieden sie, daß sich einige von ihnen zu sehr verausgabten. Sie wurden zu einer Meute, die mit unerbittlicher Stetigkeit die Verfolgung fortsetzte. Wahrscheinlich konnten sie ihn mit dieser Taktik tagelang hetzen.

Der Haluter registrierte erleichtert, daß sein Planhirn wieder zu funktionieren begann. Offenbar klang die Vergiftung ab, die er durch das Gas erlitten hatte. Je besser das Planhirn arbeitete, desto klarer wurde ihm jedoch, daß nicht die Gasvergiftung allein an dem Versagen des Hirns schuld sein konnte, sondern daß der Anblick der verschiedenartigen Symbole auf der Steinkugel und die bei der Explosion des Beibootes austretende Strahlung in Kombination mit ihm dafür verantwortlich sein mußten.

Er versuchte, seine Molekularstruktur zu verändern. Es gelang ihm nicht, aber er merkte, daß er seine besondere Fähigkeit bald zurückgewinnen würde.

Icho Tolot blickte zum Steinernen Grabmal hinüber und bemerkte auch in dem Bereich zwischen dem Hügel, auf dem er stand, und dem Relikt aus unbekannter Vergangenheit zahlreiche Daquen. Sie verrieten sich durch ihre Körperwärme. Von allen Seiten rückten sie heran; sie schienen nur ein Ziel zu haben – ihn!

Damit wurde seine Lage zunehmend schwieriger.

Er rannte weiter, schlug zwangsläufig einen weiten Bogen und näherte sich schließlich der Steinernen Kugel. Als er sie erklomm, stellte er fest, daß die Zahl seiner Verfolger erneut angewachsen war. Er beobachtete nicht nur mehr Daquen, sondern ebenso Obyeter, und sie kamen nicht nur aus der Richtung der Stadt Erz, sondern auch aus anderen Richtungen.

Der Kessel um ihn schloß sich. Tolot begriff, daß ihm

das Grabmal keine Sicherheit bot. Es half ihm nichts, daß er dorthin zurückgekehrt war.

Auf dem höchsten Punkt der Kugel blickte er sich erneut um, und er wunderte sich, wie schnell die warmblütigen Obyeter heranrückten. Er konnte sich ausrechnen, daß ihm höchstens eine halbe Stunde blieb, bis es keinen Ausweg mehr aus dem Kessel gab.

Als die von der Stadt Erz heranrückenden Obyeter noch etwa zwei Kilometer von ihm entfernt waren, zuckte ein Blitz in den nächtlichen Himmel hinauf. Der Meister gab den anderen Kriegern offenbar ein Zeichen.

Icho Tolot entschloß sich, die Gegend um die Steinkugel endgültig zu verlassen. Er hatte keine andere Wahl. Er mußte den Kessel durchbrechen und irgendwo in der Ferne, wo ihn niemand vermutete, nach einer Möglichkeit suchen, die HALUTA zu verständigen.

Der Meister wird dich abschießen, wenn du hier bleibst, erkannte er.

Er kletterte an der Kugel herunter und wollte sich zur Flucht wenden, als es erneut aufblitzte. Dieses Mal war der Energiestrahl jedoch nicht dünn und schwach, sondern breit und sonnenhell. Er durchbrach den wirbelnden Schnee, und er schlug mit mächtigem Donnergetöse etwa fünfhundert Meter von ihm entfernt in den Wald ein.

Icho Tolot erstarrte. Geradezu fassungslos blickte er in den Himmel hinauf.

Der Energiestrahl war von oben aus den Wolken gekommen, und er war eine unerhörte Machtdemonstration!

Die Obyeter und die Daquen bewegten sich nicht mehr auf ihn zu. Sie verharrten auf der Stelle; keiner von ihnen wußte offenbar, wie er sich verhalten sollte.

Icho Tolot vernahm ein helles Pfeifen, und dann schoß ein Beiboot der HALUTA heran. Es landete unmittelbar neben dem Steinernen Grabmal. Er zögerte keine Sekunde, sondern rannte zum Beiboot, stieg durch das sich öffnende Schott ein und ließ sich aufatmend in einen Sessel sinken. Er brauchte nichts zu tun. Das Beiboot startete wieder.

»Hallo«, begrüßte ihn die Syntronik.

»Hallo«, antwortete er. »Du bist gerade im rechten Moment gekommen.«

»Das ist mir klar.«

Er blickte auf die Monitoren. Sie waren mit Infrarotortung verbunden, und auf ihnen war deutlich zu erkennen, wo die Obyeter standen. Sie bildeten einen Kessel um das Steinerne Grabmal, aus dem er ohne die Hilfe des Beibootes nur mit größter Mühe hätte entkommen können.

»Wieso bist du gekommen?« fragte der Haluter. »Wer hat dich gerufen?«

»Niemand.«

»Und wieso bist du da?«

»Ich hatte den Auftrag, den Planeten zu beobachten. Schon vergessen?«

»Ja – und?«

»Ich habe ständig verfolgt, was geschah. Schon beim Sturm auf die Stadt habe ich erwogen, Hilfe zu schicken«, eröffnete ihm die Syntronik. »Hielt das dann aber doch nicht für notwendig. Jetzt allerdings hat sich die Lage dramatisch verschlechtert, zumal die Gegner in den Besitz von Energiestrahlern gekommen sind.«

»Die ich auch nicht mehr habe.«

»Und auch keinen Kampfanzug.«

»Richtig. Der Kampfanzug ist mir ebenfalls abhanden gekommen. Ich war schutzlos.«

»Grund genug für mich, endlich einzugreifen.«

Icho Tolot lehnte sich weit in den Polstern zurück. Er lachte laut und dröhnend. Tatsächlich hatte er nicht mehr daran gedacht, daß die Syntronik den Planeten beobachtete. Das hatte sie bereits vor seiner Landung getan und auf diese Weise schließlich die Steinkugel entdeckt. Danach hatte sie ihre Beobachtungen nicht eingestellt, und sie verfügte über Ortungsgeräte, mit denen sie jede Daque auf einer freien Fläche ausmachen konnte.

»Was für ein Dummkopf bin ich doch gewesen!« rief der Haluter. »Ich hätte mich auf den Rücken legen und dir mit Armbewegungen signalisieren können, daß du mich abholen sollst.«

»Das hätte genügt«, bestätigte die Syntronik, und er glaubte herauszuhören, daß sie belustigt war. »Doch oft genug denkt man an die einfachsten Lösungen überhaupt nicht.«

»Ich wollte nicht mal, daß du mir früher hilfst«, polterte Icho Tolot. »Verdammt noch mal, wenn du bei jeder Kleinigkeit eingreifst, kann ich mich auf keinem Planeten mehr frei bewegen, ohne daß du ständig in meiner Nähe erscheinst.«

Wenig später erreichte er die HALUTA, und die Gefahren waren vergessen, denen er ausgesetzt gewesen war. Er eilte in eines seiner Laboratorien und begann mit der Untersuchung des Plättchens, das er aus den Räumen des Waffenmeisters geborgen hatte.

Er erlebte eine weitere Enttäuschung.

Das Plättchen war ein wertvolles Beweisstück, doch es bewies nicht, daß es Vorfahren von Halutern auf Titanic gegeben hatte. Es bewies nur, daß die Lebewesen, die es dort vor langer Zeit gegeben hatte, keinerlei genetische Gemeinsamkeiten mit Halutern hatten.

Dennoch war Icho Tolot nicht unzufrieden. Er ging in die Hauptleitzentrale der HALUTA und blickte auf den großen Hauptbildschirm, nachdem er die Beobachtungsgeräte auf die Stadt Erz ausgerichtet hatte.

Die Wolkendecke war aufgerissen, das Tageslicht erreichte die Stadt, und er konnte sehen, was dort geschah. Fast alle Häuser waren verbrannt. In den Straßen und Gassen drängten sich viele Obyeter. Neues Leben hielt Einzug in der Stadt. Und irgendwo dort unten war Eguordo. Icho Tolot war sicher, daß er sich in der neuen Welt behaupten würde.